L'ombre des silhouettes

Vicœurs

L'ombre des silhouettes

– roman –

© **2025, Vicœurs**

Édition : BoD · Books on Demand,
31 avenue Saint-Rémy, 57600 Forbach, bod@bod.fr
Impression : Libri Plureos GmbH,
Friedensallee 273, 22763 Hamburg (Allemagne)

ISBN : 978-2-3226-6230-2

Dépôt légal : Mai 2025

À Jules
À Evan
À Adam
À Pierre

Vos lumières m'ont éclairé lorsque j'étais dans la nuit

AVANT-PROPOS

À la suite de ce que j'ai entendu, je dois l'informer : non, je n'ai pas écrit ce livre. Personne ne l'a vraiment écrit d'ailleurs. Ou que celui qui a composé le manuscrit que je tiens entre les mains se prononce.

Les pages que vous lirez ne sont rien si ce n'est la reproduction en caractère d'imprimerie de ce que je dus trouver le 26 juin 2008, et que, pendant des années, je traduisis et organisai, des nuits durant, sans savoir si un jour ces fichus morceaux de texte seraient à jamais publiés ou même survivraient au feu.

En 2008 je n'avais même pas la vingtaine. Mon père était mort en tombant d'un arbre et ma mère, j'avais dû la voir étalée dans une mare de sang séché en rentrant dans son appartement. Elle était alors morte depuis un mois sans que quiconque ne s'aperçoive de son odeur.

J'étais seul, à l'époque. Chez moi, je ne savais que faire à part dormir et dormir. L'horizon s'avérait nébuleux et obscur. En clair, je vais le dire, ça n'allait pas fort. Je savais que ça n'allait pas fort partout, alors je ne disais rien. Mais vraiment, ça n'allait pas fort.

Je travaillais alors comme gardien de jour dans un asile.

Un asile psychiatrique, ceux je veux dire avec des vrais fous, pas ceux où les stars névrosées vont pour avoir de l'attention, ce n'est pas souvent ce que vous croyez. Il n'y a pas que des salles recouvertes de coussins où des gens complètement tarés et en camisole de force crient jusqu'à y perdre le souffle ; au début, même, vous vous prenez d'affection pour les fous, vous vous demandez pourquoi ils y sont pour les plus calmes d'entre eux. Et alors, au bout d'un moment, d'une façon incontrôlée, sans que vous ne puissiez rien faire, ils se mettent dans des psychoses ou dans des états aussi terribles et alors, on doit les attacher à bout de bras dans leurs jusqu'à ce qu'ils se calment. Vous faites ça, encore et encore, jusqu'à ce qu'au bout d'un moment, à y être, vous ne savez plus ce que vous devez faire, si l'on doit s'intéresser aux fous ou être simplement des brutes bons à leur gaver des médicaments et à supporter leurs cris intolérables pour qu'ils arrêtent d'être dangereux et qu'on puisse enfin leur parler un peu, toujours triste de savoir qu'ils ne pourront jamais tenir une conversation sans vous détester, le regard toujours fuyant quand on les voit et qu'ils nous regardent mal, comme si c'était nous, les déséquilibrés.

 J'y travaillais déjà depuis 2006. Et, durant tout ce temps, j'avais espéré, par ces drôles de pensées qui nous font croire qu'on peut changer de vie en un claquement de doigts, qu'il y aurait une lumière au bout du tunnel. Je nageais alors dans la folie. Mon âme se désintégrait et mes yeux s'embrasaient dans l'abîme des démences. Les hurlements entouraient de plus en plus mes oreilles et les sons de mon âme ; je ne savais que faire de tout ça, de ce trop-plein de pensées que j'avais alors par ces cris étouffés de fous, essayant avec peine, comme des insectes, de déclarer leur colère. Mon être se projetait dans un avenir triste, un grand terrain vague, et rien d'autre, avec que de la flotte à perte de vue... De la flotte... De la flotte, juste de la flotte... Sans rien, sans personne. Je voyais que ça quand je les entendais, ces cris, ces sons...

 Je songeais vraiment à me tuer, en un mot.

 Et de plus en plus que je pensais à cette idée, je me demandais si, un jour, je ne passerais pas de l'autre côté de l'asile, celle où au lieu d'être à l'extérieur des cellules, je finirai par aller à l'intérieur.

 Le monde commençait à fondre sous moi et les gens ne prenaient plus forme. Après quelques médicaments avalés, je reprenais tout de même une certaine sérénité, mais qui sait quand cela se serait alors arrêté.

Un jour, un collègue, Jérôme, est venu me voir. C'était alors la seule personne à qui j'osais parler. Les autres n'étaient pas méchants, mais je ne les appréciais pas, juste. Il n'avait pas la même pensée que moi et cela me fâchait.

"Viens me voir, Raphaël, j'ai une sacrée découverte à te montrer." J'en étais là, à me refaire des songes funestes quand il m'avait alors dit ça. Qu'est-ce que cela voulait dire "une sacrée découverte" dans sa bouche ? Je pensais alors qu'il irait me montrer un rat crevé ou quelque chose de ce genre qui le faisait marrer à l'époque. Alors, d'abord, je n'étais pas enjoué qu'il me montre sa sacrée découverte.

Après avoir fait mon boulot, boulot intempestif où il fallait que je comprenne les invariables machinations de déséquilibrés toujours plus cadavériques et souffreteux, j'ai fini par rejoindre Jérôme qui me conduisait alors dans une grande salle remplie d'armoire, proche du bureau du directeur.

Le directeur, qui s'appelait Frédéric, était alors un de ces êtres aux regards toujours sévères qui veulent tout contrôler sans vraie raison. Moi qui me faisais mener par tout le monde, qui me faisais prendre des râteaux par la moindre coiffeuse à qui j'essayais de parler et qui n'arrivais même pas à avoir une seule victoire durant les discussions que j'avais avec toutes les personnes à qui j'allais causer, je n'arrivais presque jamais à comprendre comment cet homme, qui n'était pas tant âgé que moi, avait-il pu prendre le contrôle d'un tel établissement. Frédéric était corpulent, c'était la seule réponse que je me disais. Et on ne pouvait pas dire qu'il ne l'était pas. Il était la réincarnation spirituelle, presque royale des grands empereurs germaniques lorsqu'il vous fixait, avec ses gros yeux globuleux. Ah qu'il était dur, son regard quand il vous fixait ; et alors vous n'osiez presque jamais répondre ; sinon, vous étiez presque sûr que ces prochaines paroles seraient un "Venez me voir dans mon bureau" suivi ensuite d'un licenciement immédiat.

Ainsi, tous les documents qui étaient en rapport avec les malades se trouvaient proches de son bureau, même les plus secondaires. La moindre bêtise qui était liée à quelqu'un était là, classée par âge et par nom, documentée au maximum (car comme le disait Frédéric : "un traitement mérite la meilleure documentation du monde !") et mise ensuite dans des sortes de pochettes qui étaient dès lors transférées dans de grandes armoires toujours cadenassées car, bien sûr, il est interdit de consulter les dossiers des patients, car ce sont des sujets confidentiels.

Alors, nous y étions, un peu frissonnants, que déjà, Jérôme se précipitait vers une armoire que même moi je n'avais jamais vu. Le cadenas était cassé, brisé par la rouille même. On aurait vraiment dit que cette armoire avait été abandonnée, ou même qu'elle n'avait jamais existé qu'aujourd'hui, pour nous délivrer un message ou autre.

"Tiens, Raphaël, regarde ça !" me cria donc Jérôme. Dès lors, en fouillant, il retrouva enfin ce qui l'intéressa et me le fit voir. Étalée sur des centaines de feuilles, mélangée, brouillée, illisible, se trouvait toute une salade de texte, mise sur tout et n'importe quoi : des feuilles administratives, du sopalin, des bouts de murs même, toujours en noir, avec une écriture grasse, discontinue, incompréhensible.

"D'où ça vient ?" m'étais-je écrié.

Même si ça m'avait mis le vertige, à l'époque, j'étais trop bête pour me rendre compte du défilé infernal que représentaient toutes ces feuilles étalées au sol. Je pensais encore que c'étaient ces dossiers administratifs que vous montrent un de vos supérieurs au premier jour de service en vous disant : "c'est comme ça que sont enregistrés les patients" tout en vous faisant voir un récapitulatif de l'aspect psychologique du malade avec ses névroses, son écriture, et un court extrait d'un texte qu'on lui a demandé de composer. En disant ça, je pensais simplement : "Oh, oui, ce sont sûrement des patients secrets que le directeur cache".

Pour moi avant, toutes les choses les plus invraisemblables se faisaient ici. C'était une certitude pour moi. Vous trouvez ça étrange, mais quand on côtoie les fous à longueur de temps et qu'on est tout seul, y a tout et rien qui se met à cogiter dans la tête… Mais non, ce n'était pas ça et déjà Jérôme me le montrait en prenant l'énorme pile qui s'offrait alors. Peut-être ne le croiriez-vous pas, mais ce petit volume que vous tenez entre les mains était cette énorme pile qu'un jour, un homme a pris comme des abîmes de l'enfer pour le mettre au sol, encore toute suante de sang, de chair, de viscères, de bouts de cervelets et d'intestins grêles, imprégnant jusqu'à l'odeur de la pièce quand on la voyait, toute trempée, jaunissante, enfermée et moisissant là depuis des années et des années – sûrement une centaine pensais-je.

"Je ne sais pas", a-t-il finalement dit.

La première partie de la pile c'était, mise avec des trombones et des morceaux de scotch, plusieurs petits cahiers. L'écriture était encore lisible, mais ça foutait toujours la trouille. Et après, passé les premiers cahiers alors, les feuilles commençaient à ne rien dire. Parfois, les pages étaient brouillées de phrases, de mots, de choses, d'idées, de sens, d'intrigues qui n'avaient aucune logique, aucune direction, aucune sorte de raison.

"Mais qui l'a fait ?", ai-je demandé. "Qui a griffonné ça ?

— Sûrement un fou, mon vieux, m'a dit Jérôme. Oui, un fou, un vrai de chez vrai. Y a que les fous qui veulent être écrivain comme ça... Tu connais pas le cas de ce monsieur qui a construit tout seul un monument avec des bouts de cailloux sur la route ? Quand ils n'ont rien, les gens comme ça, et qu'ils sont un peu fous, ils se mettent à construire leur chef-d'œuvre à bout de cailloux. Le papier, il l'a pris, un par un sur les quelques places où on les mettait, où même dans la poubelle peut-être. Il a brûlé des allumettes et il a écrit avec la cendre… Bon Dieu, il n'avait qu'à demander ! Il aurait pu avoir un stylo, mais non, il a pris que les allumettes qui traînaient quand on voulait fumer et il en a utilisé jusqu'à sa mort pour écrire ça… Et c'est pas tout. Regarde en haut."

    Alors, sur ces étagères caverneuses, sentant autant les produits pharmaceutiques que ces effluves de pourritures terribles, se trouvaient d'autres feuilles encore plus vieilles où semblaient avoir été barrées, sans raison apparente, des centaines et des centaines de notes préparatoires, de lettres qui n'ont jamais été envoyées et d'espèces d'essais informes sur le monde vu par un déséquilibré. J'avais l'impression qu'il y en aurait encore, car plus je trouvais de ces feuilles, plus j'avais l'impression qu'on trouverait toujours plus de fiches, toujours pourries par le temps, putrides, ignobles sans qu'on n'ait jamais pu savoir comment ces mots, ces projets s'étaient préparés, sans qu'on soit même sûr d'où venaient ces pages, toujours plus abondantes, toujours plus déchirées, toujours plus déstructurées, plus jaunies, plus noircies, plus horribles, plus dégoûtantes et qui me donnaient presque le tournis alors. Mais déjà, lorsqu'il sembla que le nombre des pages eût pu ensevelir le sol – et même le monde, il n'y eut plus de feuilles.

    "Tu te souviens, Raphaël, du nom que je t'avais dit un jour… Tu sais, cette histoire étrange… Comment s'appelait-il ? Celui qui faisait des œuvres toujours plus…

— Dellschau, non ?

— Oui, le boucher, au Texas… Lui aussi faisait ça… Lui aussi, il avait caché des dizaines de cahiers… Et pourtant, on ne les a retrouvées que lorsque la maison a brûlé, et qu'on allait les jeter aux ordures… Ces genres d'œuvre sont destinés à être jetés aux ordures… Et pourtant, je n'ai pas le cœur à faire ça.

— Pourquoi ?

— La folie a peut-être frisé le génie ici. C'est souvent le cas, non ? Les fous deviennent des fois plus sagaces que nous, les sains d'esprits… Tiens, Raphaël, je te les donne… Je ne sais pas ce que tu en…

— Que veux-tu donc que j'en fasse ?

— Lis-les. Lis-les tout simplement et essaie de trouver un sens. Cela fait déjà des mois que je les lis en secret… Et cela fait des mois que des cauchemars me tourmentent… Cela m'empêche de dormir… Essaie, toi, tu es plus malin que moi, je le sais… Trouve une espèce de sens à tout cela. Je n'en trouve plus… moi.

— D'accord… Je ferai ça pour toi."

Alors, durant les prochains jours, je commençais à lire, difficilement d'abord, puis nerveusement, ce qu'avait écrit ce fou qui m'était alors anonyme (Ni Jérôme ni moi, n'ayant trouvé d'indice pour savoir, parmi les centaines de gens qui avaient côtoyé l'établissement, lequel aurait pu écrire autant).

Ce furent des jours étranges, teintés d'heures insupportables de déchiffrement qui, du soir au matin, commencèrent de plus en plus à s'éterniser. Dans le minuscule appartement où j'avais entreposé les centaines de feuillets qui se trouvaient dans l'armoire, mes lectures étaient toujours teintées d'incompréhension. Le texte m'aspirait autant qu'il me dégoûtait.

C'était un roman affreusement répugnant. Et l'odeur… Il y avait de tout. Toutes les odeurs de la ruine, de la rouille, du dégoût, de la macération, du chancre et des huiles camphrées… En un papier jauni par le temps et noirci par la cendre… à cette espèce de mauvais présage qui noyait chacune des pages.

Au bout d'une semaine, au cours de ma lecture, alors que j'allais encore au travail, on m'informa que Jérôme était mort tombé au bord d'un précipice. On m'avait dit si précipitamment : "Jérôme est mort" qu'un instant, je crus que c'était faux. Mais Jérôme était vraiment décédé, je l'appris par le journal.

Dès lors, le soir, tandis que je lisais, de plus en plus d'hallucinations s'immisçaient au cours de ma lecture. Je n'arrêtais pas, avec ce texte aussi haché, de penser à la mort de Jérôme. De plus en plus, j'avais l'impression que je devenais fou, que le monde même devenait fou. Comment les gens pouvaient mourir ainsi ? sans qu'on ne les ait vus ? Comment se pouvait-il ? Je n'arrivais pas à comprendre. Je n'arrivais pas à saisir. Je n'arrivais pas à réfléchir. Je n'arrivais plus à rien au fond, si ce n'est à penser et penser et encore penser. Que devais-je faire ? Que fallait-il que je dusse apprendre, là, maintenant, alors que tout semblait de plus en plus tourner dans une sorte de chaos ? Comme s'il n'y avait plus de vraie logique ?

    Complètement terrassé, je pris un mois de congé sabbatique où je ne fis quasiment rien, sinon dormir et penser, méditer et regarder ces tas de feuilles qui, de plus en plus que j'y pensais, semblaient être la cause de la mort de Jérôme. Oui, ce texte avait tué Jérôme. Il avait tant lu de choses démentes qu'il en était devenu fou : c'était ainsi, il s'était jeté comme ça, juste pour savoir ce que cela faisait, de s'écraser au bord d'une falaise.

    Le monde a recommencé à changer de forme de plus en plus que je m'aventurais dans ce récit. Les gens n'avaient plus de visage : même moi, je ne semblais plus en avoir. Le monde paraissait être de plus en plus immense aussi. Les surfaces semblaient être molles ou liquides, comme si je pouvais entrer dans la matière elle-même. Et de plus en plus, je pensais à des idées de trou de verre et de voyage interdimensionnel, de ces genres d'expérience où un atome peut être à deux endroits différents, où je pouvais être en même temps mort et vivant. Et plus j'y pensais, plus il me semblait que mon visage se modifiait, qu'il se défaisait, que j'avais le nez à la place des yeux et les yeux à la place du nez ; j'étais devenu affreux.

 À force de lire et de relire, je commençais de plus en plus à croire ces bouts de feuilles comme si ce fut des paroles sacrées, comme ceux de l'Évangile. Je me mettais même à schématiser le rythme du récit, à repérer les intrigues à les observer, autant terrifié qu'attiré par l'horreur de ce texte, comme on l'est lorsqu'on recherche le souvenir lointain d'un visage cauchemardesque perdu durant nos remémorations de l'enfance. Les descriptions de l'organe, du viscère me charmaient presque. Je trouvais de la beauté dans le dégoût. Je voyais les choses différemment maintenant ; et je ne savais plus des fois s'il fallait rire ou pleurer ; tout semblait se détraquer, se noyer, se confondre, se masser comme dans une foule immense où tous les mots n'avaient plus de sens.

 Et, alors, est venue une nuit.

 Une simple nuit mais si étrange, si enfiévrée…

 C'était à la moitié de ma pause. Je venais d'avoir une journée plus éreintante qu'habituellement. J'avais lu des pages incroyablement fatigantes. Et je m'étais alors reposé, simplement pour respirer. Et, tandis que mon souffle reprenait enfin, que je sentais une sérénité de nouveau m'envahir, une image affreuse m'apparut dans un cauchemar ; une grande masse noire dans un *immense* couloir qui me disait, qui me chuchotait, qui me criait dans les oreilles comme une grande litanie : BRÛLE LES MOTS QUI T'EMPÊCHENT DE DORMIR.

    Cela n'arrêtait plus. Toute la nuit je n'eus alors plus que cette pensée : cramer, tout cramer de ces mots et de ces pages qui m'apportaient tant de désarroi dans ces moments où je n'avais plus que ma tête pour penser. J'étais proche du bureau, le briquet dans la poche. Je ne pouvais plus penser qu'à ça : brûler ce roman, ce récit. Cela avait causé tant de problèmes… Pourquoi aurais-je donc gardé cela ?… Au bout de quelques instants, je n'ai pu supporter la chose : j'ai pris mon briquet et j'étais prêt à tout cramer, jusqu'à la dernière feuille. Je voyais de nouveau les textes délavés du récit, ceux qu'aurait pu faire un schizophrène devenu complètement insomniaque. Non, cela n'avait aucune importance. Cela aurait été si simple de tout brûler, de ne plus entendre parler de ces mots, de ces paroles… Alors pourquoi ne l'ai-je pas fait ? Pourquoi ne l'ai-je brûlé ?… Au fond, ce ne fut qu'à cause de Jérôme. Ses paroles m'étaient revenues en mémoire : cette quête de sens qu'il m'avait inspiré. Pourquoi voulais-je brûler un livre que je n'avais jamais fini ? Pourquoi le brûlerais-je, sachant que je ne pourrai jamais comprendre son sens ? Alors, un instant, j'eus peur. Je craignis que, mon futur devenant sinistre, je repense de nouveau à ce roman et qu'alors, ne l'ayant jamais fini, il me revienne en mémoire et me hante pour le restant de mon existence.

Alors, j'arrêtais un instant : je posais le briquet et, brisé en deux, je terminai d'une traite de lire ces pages illisibles, écrits dans une langue toujours plus imprécise, qui, page après page, commençaient à s'effilocher, se déstructurant encore et toujours.

Enfin, je finis.

Et lorsque je fus ici, à la dernière phrase, complètement mort, je n'eus plus le courage de brûler cela. Non, il fallait que je le rende public. J'étais prêt à le donner à une bibliothèque, mais, comprenant qu'on ne le lirait jamais, j'ai fini par tout retraduire, mot par mot, inlassablement, voulant, dans ces manœuvres absurdes que je faisais, essayer – ou tout du moins le pensais-je – de venger la mort de Jérôme. Je ne sais au fond quelle névrose m'a plongé des années durant dans ces travaux homériques… Mais voici ce livre.

Donc oui, je ne l'ai pas écrit. Je n'ai rien fait si ce n'est le traduire. Je vous passe les années durant où, jonglant avec mon poste à l'asile, j'essayais de trouver un sens aux mots, à les arranger, à mieux les tourner : cela vous ennuierait plus qu'autre chose. Me voici ici, en train de relire ce manuscrit écorné, que j'ai essayé de retaper avec du scotch et de la couture. Me voici ici en train de vous dire qu'aujourd'hui, tout va mieux. L'éclat au bout du tunnel ne s'est pas encore montré (si y a-t-il même un éclat au bout ?), mais le monde est moins morose, dirons-nous.

    Ce livre n'est ni bon ni mauvais : c'est un livre et puis voilà. J'ai compris bien après qu'il n'y avait au fond pas de sens à trouver dans ce récit. Les gens diront ce qu'ils voudront, je ne pense pas que j'ai quelque chose à faire dans tout ça. Je n'ai été qu'un valeureux serviteur au service d'un texte qui, sans moi, serait tombé dans l'oubli. Allons, lisez-le. Essayez donc de trouver un sens là où il n'y a rien, laissez-vous tourmenter par les pages. Ce livre me rappelle trop de mauvais souvenirs pour que je repose même un œil sur lui. Le moindre mot semble stupide à mes yeux, maintenant que j'ai fait le deuil de Jérôme. Et dire que j'avais cru qu'un livre aurait pu tuer un être bouillonnant de chair et de sang ! Fallait-il être bête… Non… Non, ne soyez pas bête et ne pensez que tout se terminera mal vous finirez de lire les pages.

Raphaël F***[1]

Janvier 2015[2]

---

[1] *Les « *** » seront pour montrer les rayures que Raphaël imposa à son récit par la suite. Les* rayures *ainsi faites, elles, étaient déjà présente dans le manuscrit dactylographié (note de l'Éditeur).*

[2] *Le texte original n'a jamais été retrouvé. Raphaël aussi. Il disparut un jour nous laissant seulement son manuscrit. Ayant barré son nom de famille, nous ne pûmes jamais retrouver ni ses parents ni ses proches (note de l'Éditeur).*

L'oiseau[3]

---

[3] Les cahiers, au départ, étaient composés de trois grandes parties. Celle qui va du Livre 1 jusqu'à la fin du Livre 4 si on passe outre la « Noyade » puis du Livre 5 et au Livre 7 et du Livre 8 au dernier Livre (j'ai décidé de nommer ces Livres pour plusieurs raisons :

- Les chapitres étant sans numéros, ce qui est souvent fâcheux dans ce genre de cas, j'ai compris que celui qui l'avait rédigé soit ne s'était pas soucié de ce problème, soit avait eu l'idée de ne pas imposer d'ordre au récit.
- Je voulais que chaque Livre soit néanmoins organisé dans une structure propre, et ne voyant aucun moyen de pouvoir le faire, j'ai décidé d'imposer un nom et un ordre.

Néanmoins, sans preuve du contraire, il n'y a pas d'ordre pour les chapitres. (Même les feuilles préparatoires ne sont pas ordonnées, d'ailleurs.) il forme ainsi ce schéma type :

I	(L'oiseau)	
II	(L'ombre)	
III	(La ville)	I : Planification
IV	(La voiture)	
(suivi de La noyade)		
V	(La fête)	
VI	(Le plomb)	II : Démonstration
VII	(La radio)	
VIII	(Le feu)	
IX	(Le désespoir)	
X	(La silhouette)	III : Détérioration
XI	(Le rouge-gorge)	

I

Me voici tout faible dans la démence. Je la ressens dans tout mon être, ici, là, partout, qui m'enveloppe de son corps lourd comme de la pierre. J'essayais de voir, d'entendre, rien n'a marché ; je ne peux plus rien faire de ma chair. Les seules perceptions que je peux posséder, par mes tympans percés, ce sont ces bruits horribles qui me plongent toujours plus dans le bain d'acide où il semble que j'ai nagé déjà des années. Voilà que je commence d'écrire ; car durant la nuit sordide que je viens d'avoir, les formes, les voix et les souvenirs paraissent ne plus habiter les décombres de ma chambre ; je les vois dès lors qui pénètrent dans mes yeux, mes oreilles et n'en ressortent hélas plus, comme engloutie ! Fini ! Fini le monde ! Finie la Terre ! Les hommes se tueront alors sans moi ; il n'y aura que ma carcasse dans la chambre souterraine où l'on m'a enfermé. N'avais-je jamais connu d'autres peines plus stupides que ceux-là ?... Les mots se traînent dans mes lèvres et ne ressortent que brûlés, refroidis, sans que je ne puisse crier. Pourquoi ne puis-je crier ? Je n'ai pas de bouche semble-t-il, elle m'a aussi été prise. J'irai mourir et voici, je me retrouve toujours aussi seul, toujours aussi peureux. D'où est donc venu cette peine ? Cette colère qui bouillonne en moi ? Cette folie qui m'habite. Plus j'essaie d'y penser, plus j'ai l'impression que ces souvenirs, que j'ai connu *au-delà* ne sont au fond que des chimères informes, de simples rêveries qu'un jour de grande fièvre, je dus contempler, et qui me stupéfia tant que je crus, alors levé, que ce rêve n'était pas imagination, mais réalité ; mais hélas, les traces, les bleus, les blessures et les meurtrissures seulement expliqués par l'inexplicable se retrouvent là, dans mes yeux, mes oreilles. Je déambule dans le passé, dans le passé et seulement ici. Il n'y a plus de futur : le futur, c'est la mort pour moi, je le sais. Je n'ai que quelques années, quelques mois peut-être pour écrire tout ce que j'ai vécu. Et que ferais-je ensuite ? Je ne le sais même plus. Il n'y a que ça, que ces feuilles de papier où j'écris à la lumière des bougies qui me font vivre, vivre et espérer. Je n'ai plus rien sinon.

................4

---

[4] La première feuille des « notes éparses » date vraisemblablement de la rédaction du Livre 1. La voici :

« 5 Juin : Clarisse n'est plus venue depuis longtemps. Je sais déjà qu'il n'y a plus rien à sauver. J'ai vu ça dans les yeux des gens qui doivent me garder. Ils sont tous dégoûtés de me voir. Je ne veux pas finir ma vie sans jamais avoir achevé quelque chose. Il faut que je les écrive. Sinon, je mourrai seul et sans personne. »

Il y a aujourd'hui encore beaucoup de mystères sur cette « Clarisse » Elle est encore nommée, dans une lettre inachevée :

« Clarisse a été des années durant ma femme avant que je ne voie trouble et que je la perde un jour dans les gouffres de ma mémoire. Simplement me souvenir d'elle me fait pleurer et les larmes alors n'arrivent plus qu'à m'efforcer de vivre. Au début, je voulais [fin du texte] »

Toujours des questions sans réponse. Des « comment », des « qui fut-il ». Oui... Qui fut alors cet être spectral qui dut envahir les dernières années de ma fièvre ? Qui fut ce monstre qui me procura les meilleures joies et les pires peines, les plus minables misères et les plus grands soulagements de ma vie ? C'est à cause de lui qu'un jour, je dus avancer à tâtons dans mes peurs et mes craintes, mourant à petit feu à cause des monstres qui s'avançaient alors dans mon dos. C'est par lui que tout a commencé, c'est par lui que mes cauchemars se sont amorcés... Alors vous comprendrez bien pourquoi

---

Même, Clarisse semblait imprégner tous les débuts des pages. Outre l'apparition qu'elle fait subrepticement, (cf. Livre 2), elle est aussi citée alors sur beaucoup des copies écartées du récit, notamment ce passage :

« ~~je réorganisai toutes les maisons du village en rangeant du mieux que je pouvais, apprenant les secrets que mes soi-disant amis me cachaient. Ma voisine, Clarisse, si je m'en souviens bien, avait, par les livres qu'elle possédait, une passion pour les crustacés (et surtout les crabes) que je ne connaissais pas.~~ »

Clarisse semble avoir été un personnage important du récit. Pourquoi a-t-elle disparu alors ? Elle semble être liée au Livre 5. C'est la dernière « apparition » qu'elle doit y faire dans le récit :

« Chapitre ✿ : description du lieu — Peur — Évocation Clarisse — Description Marrée — Description vent — Je m'en vais — Je ne sais plus où aller — Nous y allons etc. etc. »

je ne commencerais mon récit que par ma rencontre avec cet être qui, au fil des aventures que nous eûmes, dut devenir ignoble et monstrueux...

Le village où j'habitais était alors une de ces provinces où personne n'allait.[5] On ne percevait rien, on

---

[5] Bien que le « village » soit assez mal décrit, il y eut beaucoup de notes préparatoires en rapport avec sa création. Un des plans les plus explicites se retrouva dans le Livre 1, schématisant l'avenue principale.

Il y est alors montré une maison familiale. La « maison familiale » se trouve même avoir une description assez précise, supprimée ensuite dans les versions ultérieures :

> « ~~Cette maison était une vielle bâtisse qui, malgré les années qui s'étaient écoulés, tenait toujours. Il n'y avait aucun problème pour la tuyauterie, les poignées, comme si on avait tout réparé avant son arrivée. Le grenier qui se situait au second étage était une pièce grande, plus grande que le premier semblait-il. S'entassaient là, des cartons où des fiches et des jouets s'accumulaient. Le village, lui, aussi, n'était pas grand. La mairie était dans le même pâté de maisons qu'eux. Dans ce lieu, y régnait la paix.~~ »

De nombreuses lettres y font même mention :

« [...] Cela ne sert à rien de décrire cette maison. Et pourtant, de plus en plus, j'ai l'impression (odieuse ?) qu'il faudra néanmoins [que] j'en parle... »

« [...] Quarante-cinq nuits à détailler tout une maison, des charpentes au toit pour me rendre compte que je devrais jeter tout cela au feu. Pourquoi donc agir quand on va ne discernait rien, et on n'entendait rien de [ce] qui arrivait de l'extérieur. Ce mot même semblait étrange à prononcer. On y vivait et on y mourrait sans savoir ce qu'il s'y passait. Et alors, on regardait très mal l'arrivée d'une voiture qui paraissait dans le village. On toisait, perplexe, et, lorsqu'on arrivait à voir le conducteur, on faisait circuler la première bêtise venue – qui atteignait même les oreilles du maire.

Hélas, ce fut l'affreux sort qu'eut Thomas, entrant alors dans un monde qu'il ne pouvait comprendre, Thomas dut se faire à l'idée qu'il était seul. On ne l'apprécia jamais ici. On le regardait mal. Et Thomas, souriant d'abord, devint triste.

Ce genre de village n'est connu que de ceux qui en habitent. On y vit sans y vivre vraiment : on dit qu'on habite la région, la plaine, mais jamais ici ; on y a honte, presque, on ne dit pas : je suis villageois, ce serait presque dire : je ne suis rien. On habite la pleine nature et voilà, basta ; des coins reculés où personne ne va, où les gens même sont dégoûtés lorsqu'ils doivent nous voir, purs monstres sauvages alors, n'ayant que dans la bouche le venin des mots et l'alcool des vins pour oublier la misère. Nous n'étions pas civilisés en un mot pour eux.

Thomas, lui, habitait la ville. Il l'avait toujours habité, me dit-il un jour de grande pluie. Durant toute sa vie, Thomas avait été un être chétif, n'ayant jamais voulu être dur aux autres. Il était un agneau dans un troupeau de loup. Thomas avait toujours été gentil avec les autres.

```
devoir tout brûler finalement ? Et voici,
comment le monde vous remercie ! Je voudrais
tant arrêter de penser ! »
```

Toujours, il avait voulu servir les intérêts des plus démunis, ne pensant jamais à lui alors. L'altruisme a certes ses bons côtés, mais il a aussi son revers. Thomas ne vivait plus : il était ombre. On ne disait pas de lui : c'est Thomas. On disait de lui : c'est l'ami d'un ami. Thomas vivait très bien néanmoins. Petit, il avait demeuré, quelque temps alors, dans un village et avait appris les bonnes valeurs qu'on y instruit : la modestie, la fraternité, la servilité. Et, en ville, souriant aux autres, ils s'étaient toujours ouverts à eux. Il ne voyait aucun mal à parler, même aux gens les plus méprisables. Gentil comme il était, on le prenait pour un niais, pour un sot, pour une espèce de bête docile. Thomas comprit cela un jour, qu'il avait été enfant et que, voyant les autres jouer ailleurs, sans lui, quelqu'un s'était approché pour lui demander un peu d'argent avant, le souhait exaucé, de repartir aussitôt, sans même lui adresser la moindre parole gentille ; il comprit donc que, oui, il était *niais*, mot atroce à tout un chacun qui se respecte un peu.

Thomas vécut néanmoins encore dix années, jusqu'à ces vingt ans, dans cette vie ignoble, étant un de ces êtres qui, voyant le verre à moitié plein, ne se rendent pas compte de la noirceur du monde. Vous ne lui parliez seulement par intérêt que, déjà, il vous serrait la main et vous demandait si une amitié pouvait alors subsister… Cela cause ceci : on se servait de lui plus qu'on ne l'aimait. Et hélas, Thomas était toujours aussi aveugle. Il ne voyait alors jamais la simple vérité qu'on lui cachait : on le trouvait bête. Ses amis partaient des jours en voyage pendant les vacances, toujours sans lui ; et lui restait tout de même là, sans rien faire, toujours enthousiaste lorsqu'on lui parlait des aventures qu'on faisait sans lui…

Alors pourquoi Thomas était allé là ? Pourquoi Thomas, un jour de mai, alla dans mon village et voulut, sans aucune bonne raison, y rester ? Il ne le dit que très tard dans notre amitié. Un mois auparavant, une de ces crises nerveuses lui était arrivée alors. Un trop-plein peut-être du monde. Il avait arrêté de voir l'univers sous ses bons aspects et avait vu sous le vernis des belles apparences. Il avait vu le monde. Il avait vu comment les gens parlaient de lui. Et, voyant ça, il avait remarqué toute la bêtise humaine qui se crée dans le genre de ville où il habitait alors, une de ces villes aux appartements toujours plus petits, aux panoramas toujours plus lamentables, aux faux semblants toujours plus cachés et néanmoins toujours plus vivaces, ceux qu'on habite seulement pour le travail… Il avait enfin vu ça. Et voyant ça, n'ayant ni conquête à désirer ni amitié soudée, il s'était enfui, un jour, loin, toujours plus loin, là où on le verrait plus. Le destin a alors ses malmenés : Thomas était de ceux-là. Et, se rappelant ses anciens souvenirs, il avait décidé de revenir à ses racines. C'est ainsi qu'au bout de nombreux tours de voitures, il était arrivé là, fatigué et éreinté, ayant pu, avec ses maigres économies, s'acheter une de ces maisons lamentables, masure au toit crevé, au sol craquelé, cabanon qu'on ne voit qu'avec peine et désespoir lorsque quelqu'un décide de s'y faire sa demeure. C'est ainsi que tout le village le vit, lui, ce minable, ce *raté de la ville* comme les plus langues-de-vipère osaient parler.

Entourés de forêts et de montagnes, nous étions tous un peu à cheval lorsque quelqu'un osait, par vents et marées, venir ici. Pourquoi y aller ? C'était pour gêner qu'on y allait ! On n'avait pas besoin de vous ! On n'avait besoin de personne ici ! C'est ainsi qu'on parlait quand les gens osaient y aller. Toujours des fats, des opportunistes, des petits vaniteux de la ville qui semblaient être au-dessus de tout, car étant plus *instruits*, moins *frustres* que nous l'étions, nous...

Mais avec Thomas, ce fut différent.

Thomas était si gentil qu'on n'osait lui dire quoi que ce soit. Mais il était si minable, si niais que ceux qui s'y étaient aventurés se rendaient compte de l'imbécillité de leur interlocuteur. On osait peu lui parler donc. *C'est un pestiféré venu de la ville !* qu'on disait alors. Était-ce le cas ? Je ne le sais pas au fond. Sachez hélas que jamais un être ne fut plus gentil que Thomas et plus haï que lui. Sachez que cet homme n'aurait jamais dû venir au monde : c'était une fleur corrodée par des moisissures. Et sûrement qu'une telle gentillesse ne peut être qu'un pestiféré en ce bas monde.

Je ne fus que sa seule compagnie durant ces mois qui suivirent son apparition. Seul moi pouvais comprendre sa psychologie, ses pensées. Je trouvais presque comme un envoûtement à l'entendre.

Je le rencontrai quelques jours après son emménagement. Il s'était alors tant excusé pour une gaffe infime causée par mon vestibule étroit que j'avais fini par comprendre son caractère. C'était un désabusé en quête de repères. En me voyant, sa seule pensée était de trouver un nouveau modèle en moi, de trouver une zone de confort, tout du moins. Je ne l'aimais pas d'abord. Moi aussi, je le trouvais niais. Je le trouvais même stupide à de certains aspects. Mais, plus il parlait, plus il me semblait qu'une sorte d'amitié étrange pouvait naître entre nous. Cela faisait longtemps qu'on ne me parlait pas. Chaque fois qu'on osait m'approcher, on me trouvait sclérosant, étriqué, à cause de je ne sais quelle raison. Alors, en voyant ce petit être à peine sorti de la jeunesse, je trouvais presque une joie à le voir. Ainsi, nous étions tous les deux des parias dans un monde de paria ; dans ce genre de cas, la seule façon de s'en sortir, bien qu'on ne s'aime pas, c'est de s'entraider.

Ainsi commencèrent nos échanges et nos souffrances.

Thomas était un de ces êtres étranges ; à la fois bons, gentilshommes, avec qui l'on peut même converser sans problème de nos soucis, mais qui se rendent insupportables, après que les éclats de leur masque se répercutent au sol. Ainsi, Thomas alterna entre des stades bipolaires, oscillant vers des états maniaques ou dépressifs. Quelquefois, je devais le voir à cinq heures du matin, tout équipé, pour considérer, déconcentré alors par le flot incessant de paroles que Thomas me livrait, un souci dans la tuyauterie ou la charpente de sa maison. D'autres fois, je devais le consoler, car il semblait alors fatigué et de mauvaise mine. Je lui disais alors ce que je pensais qu'il devrait faire, mais il ne faisait jamais rien. Je revenais donc chez lui, le lendemain, pour lui faire comprendre l'intention que j'avais à l'aider. Alors il me criait dessus, il me disait que je ne pouvais rien faire à son problème, que c'était à lui de faire les démarches pour régler cela ; et alors il pleurait, et il racontait sa vie, sa triste vie qu'il disait, toujours animé par une sorte de torpeur dans les mots, à deux doigts de sangloter en parcourant ces années de jeunesse à jamais perdues dans le temps, et la terreur qu'il avait des gens, du monde, de leur vicissitude. Et il pleurait et il sanglotait, dans des larmes toujours plus sourdes.

Thomas n'avait plus de gentillesse dans le cœur ; ses seules pensées étaient liées à ce projet de « vivre tranquillement », rien d'autre. Traqué par les odieux regards que les paysans lui jetaient, ils n'arrivaient jamais hélas à vraiment bien vivre : sa tête voulait des mots et son cœur des amis. Et voyant le mutisme qu'on lui infligeait, Thomas se remettait toujours en question sur lui. Était-il vraiment si gentil que cela, lui, pour qu'on n'osât jamais lui parler ? Était-il vraiment si bon ? Lui qui trouvait le monde si nébuleux, n'était-ce pas sa personne, au fond qui était nébuleuse et impénétrable ? Ses premières joies furent de courte durée : son sourire se détériora autant que sa psyché. Les spasmes, les sursauts durant la nuit et les états de plus en plus tristes s'enchaînaient alors. J'avais pitié pour lui mais je dois l'avouer : que cet être était insupportable ! Qu'il était pitoyable ! Son cœur seul semblait être bon : sa pensée, ses gestes, sa façon de parler étaient, aux mieux, étranges, aux pires, détestables. Il y avait en lui une instabilité dans toutes ses paroles, comme un air de revanche qui m'horripilait au point que des fois, j'étais obligé de m'éclipser tant sa voix était capricieuse.

Et pourtant, dans ses paroles tristes lorsque, par exemple, il me parlait de la ville, je percevais toujours ce ton calme, doux comme du miel, qui faisait que, de la manière la plus étrange possible, je restais des heures à l'entendre, essayant de le consoler et de l'aider autant que je le pouvais... Ah ! que pouvais-je donc faire ?

II

Un de ces jours – peut-être plus pluvieux qu'auparavant – où il s'était mis à sangloter, il s'était écrié entre deux pleurs : « Je veux quitter ce village. » Je n'avais pas compris d'abord ; mais il le répéta tant, toujours d'une manière de plus en plus tragique, que je ne pus l'ignorer encore. Je lui avais alors répondu que nous ne pouvions pas partir comme ça, sans matériels, sans faire le moindre adieu.

Mais il continua à pleurer.

Ses larmes coulaient sur le plancher et son visage commençait à s'enfoncer de nouveau dans ses mains. Il avait continué : « Je dois partir, je dois m'en aller, je ne peux plus rester là ! » Alors, je lui répondis que nous pouvions, s'il le voulait *vraiment*, nous balader un peu plus loin, dans un petit village aux alentours où j'allais parfois en vacances. Quand il a entendu le nom du petit village, il a redoublé ses sanglots dans un frisson affreux. On aurait dit que cela lui révoquait des souvenirs horribles. Alors, je lui répondis que nous pouvions aussi partir dans la forêt, sans même penser en clair à ce que je prononçais, ayant juste pensé à des environnements où nous aurions pu nous en aller.

Mais Thomas a alors dit : « Oui… Oui ! La forêt ! » Et alors, il avait expliqué son projet : « Ça serait bien qu'on parte une semaine dans la forêt. Qu'on campe… Qu'on y passe quelque temps… Ça va me calmer. » Son visage s'est illuminé à cet instant. Je ne voulais pas gâcher la bonne ambiance qui commençait tout à coup à s'installer dans cette maison décrépite, alors je le laissais espérer cette belle aventure, tandis que j'essayais, moi, de mimer un sourire.

Si beau que fût cette émotion, elle n'en redoubla pas moins ma crainte et mon malaise.

III

Pour comprendre cette tension, il faut saisir un élément : les forêts ont toujours eu un aspect sinistre, voire morbide pour moi… Chacune d'elle, sans exception, avait ce côté mortuaire à mes yeux. Une forêt, une vraie forêt où on peut camper, cela me rappelait toujours cette affreuse journée que j'eus avec ma mère, quand je n'avais que six ans. Six ans est très jeune pour enregistrer des souvenirs lorsqu'on était âgé comme moi. Comment donc ai-je pu me souvenir ? Ah, mais voici, la réponse : l'horreur. L'horreur, on s'en souvient toujours hélas. Les taches de sang qu'on a vu jeune, les cadavres déliquescents qu'on voit au bord de la route ; l'horreur, on s'en souvient toujours. Elle ne part vraiment jamais de notre tête. Ils sont à jamais gravés dans notre mémoire, ces moments où on a dû se confronter à la peur, au désespoir.

Et que se passa-t-il durant cette journée avec ma mère : je m'étais perdu. Ma mère ne me surveillant point, je m'étais enfoncé entre les broussailles, sans m'arrêter, jusqu'à ce que je ne trouve plus les miettes de pain sur mon passage. Une nuit affreuse où j'avais tout entendu : le hurlement des chiens, le bruit des corbeaux, le cri suraigu d'un meurtre, d'un viol peut-être ; où j'avais tout vu : la mousse rance du cadavre purulent des arbres morts, le sang d'une roche perdue dans les décombres, un visage macabre entre les arbres, le corps des chiens morts qu'on jetait comme ça dans la nature… Une nuit affreuse qui ne dut se finir que la veille, lorsque le soleil venait à peine de se lever et que ma mère était alors venue, toute frigorifiée, me chercher, entourée de policiers.

Durant toutes ces années, même longtemps après, cette peur s'était enfoncée en moi, me rappelant les pleurs et les cris que j'avais émis jadis. Oui, j'habitais autour de forêts et j'en avais peur… La peur, c'est incontrôlable ; et c'est avec l'enfance qu'elles s'ancrent le mieux… On ne peut rien y faire de nos peurs d'enfant

: ni les oublier ni les perdre de vue. Et, même si j'avais grandi, je ne voulais pas y aller… Et oui, malgré toutes ces années où ce souvenir se détériorait tant qu'il devenait tout juste une vieille histoire effrayante de mon enfance ; la forêt, elle, était devenue, avec tous les cauchemars que j'eus, comme le repère des monstres que j'avais pu battre, petit ; un repère où de nouvelles créatures avaient pu arpenter les terres, avaient pu mieux se cacher, et que, même grand, je ne pourrai vaincre…

Et me voilà ici, dans cette maison demandant à Thomas d'aller dans ces forêts dont j'avais une terreur sous-jacente à chaque fois que j'y entendais même l'énonciation.

Et même lorsque Thomas commença à examiner les forêts environnantes où nous aurions pu camper, j'accentuai toujours encore un peu le doute qui, peut-être, s'était installé en lui. Je répondais, lorsqu'il émettait une question ou une petite inquiétude : « Peut-être pourrions-nous laisser tomber ce projet ? » Mais alors, il redoublait de sa voix si grave et solennelle : « Non, je ne peux pas… Je ne veux plus rester un seul instant dans ce village. » Et mon empathie reprenait le dessus. J'étais avec Thomas… Je devais être avec lui, car j'avais l'impression que nous étions liés, même bien avant qu'il arrive, par une connexion qui nous était intrinsèque et que je n'osais pas couper.

Ce fut deux mois précisément après son arrivée que nous partîmes loin sur la route, à bord de la vieille automobile de Thomas. Il avait tout si bien préparé qu'il était certain que rien ne pouvait entraver son projet, ce qui, malgré l'amitié que j'avais pour lui, me peinait plus qu'autre chose. Je ne regardais que brièvement le paysage. Des conifères et des gazons d'herbes se trouvaient à chaque coin de rue, et je ne m'arrêtai donc pas une seconde pour admirer la nature ennuyeuse. Thomas alluma la radio quelques minutes ; un extrait de musique tournait en boucle, comme si ce fut un vinyle rayé. Il décida de ne pas la rallumer en voyant que ça me rendait mal à l'aise. Ainsi, tout le reste du voyage ne résonna que dans un silence pesant, où l'on n'entendait seulement comme accompagnement de notre solitude, le vrombissement de l'auto et le pépiement des oiseaux à travers les fenêtres.

Après une de ces routes qui se tortillaient tant vers mi-parcours qu'il parut que nous avions tourné en rond pendant la moitié du trajet, nous arrivâmes vers le crépuscule à l'entrée de l'orée du bois. Ce n'était pas une entrée à proprement parler. Il n'y avait pas de *portail*, qu'un peu de terre battue à même le sol.

De plus, il n'y avait pas de place de parking, seulement un petit creux en contrebas où nous étions supposés garer notre voiture. Nous l'y mettions, et voici que l'auto chevauchait le petit creux et laissait la partie droite de la voiture reposant sur la route.

J'observais ce dérangement avec un peu d'appréhension, craignant des scénarios désastreux. Mais déjà, Thomas, prenant les sacs et bagages que la voiture contenait – en m'en envoyant la moitié au passage – commençait à s'éloigner désagréablement de moi. Alors, bien malgré mes quelques craintes, je dus l'accompagner tout en me disant, alors que je n'avais jamais émis de pensées similaires auparavant : « Bah ! ce n'est pas si grave ! »

IV

À part des bruits inconfortables que nous entendions, des arbres déformés par le temps, arborescences disloquées au sein même de sa nature, il n'y avait rien de surprenant ni d'effrayant ; mais mon imagination fit de ces simples troncs comme des chimères, des démons venus de l'Abîme lui-même ; et alors, chaque plante, chaque bout de mousse me faisaient presque vomir, agrandis dans leur conception, dans le monde où j'allais.

Les cris commencèrent là si mes souvenirs sont nets. Je venais de me perdre. Je ne savais où aller. Et d'un coup, un son, une création horrible du monde, sorte de synthèse des plus horribles voix, mêlée de broiements et d'éclatements, retentit au loin. Je m'arrêtai. Un second cri. Puis un troisième, si strident que mon sang n'en qu'un fit un tour. Et dès lors, le silence. Je ne savais que faire, glacé de peur, restant médusé sur place. D'où venaient ces bruits ? Je crus un instant que mon imagination en était la cause, mais non. Ces cris étaient réels. J'essayais tout de même de me calmer en pensant à Thomas ; mais rien n'arrivait à me soulageais tandis que mon cœur battait à mille à l'heure. D'où cela venait ?... Ma tête pensait à tout.

Alors, en observant bien, les yeux écarquillés, j'aperçus un oiseau, perché sur la branche d'un des plus majestueux arbres. L'oiseau était si haut que je ne pouvais en percevoir la forme. Dès lors, il lâcha un cri strident pareil à ceux que j'avais entendus, mais de manière bien plus sourde, me faisant comprendre que l'oiseau était bien la cause de ces hurlements. Je déglutis ; je n'étais pas encore fou. Je continuais alors ma route, inventant une de ces hypothèses géniales sur la provenance de ce bruit qui pouvait, comme je me le disais, avoir été appris à l'oiseau par des corbeaux ou des sortes de perroquets ayant entendu un bruit similaire. Ce son, alors appris, l'oiseau le reproduisait, pensais-je au fond de moi en ayant tout de même du doute à ce propos, pour effrayer les prédateurs que nous étions nous, hommes. Cela me rassura malgré mes doutes et je me pris même à aimer la drôle de terreur que pouvait se parer la nature quelquefois.

Je retrouvai Thomas trois ou quatre pas plus tard, tandis qu'il commençait à éparpiller les différents matériels et sacs de couchage devant moi. Thomas, avec un grand sourire, s'écria : « Ici ! Ce sera parfait pour installer le camp ! Ni trop loin, ni trop près de la route ! Par-fait ! — Et la voiture ? questionnais-je. — On verra demain, répondit-il. Il est déjà sept heures et mon ventre commence à gronder. »

Le feu crépita quelques secondes plus tard et nous nous installâmes près de la grande flamme, tenant nos brochettes fermement... Un feu de camp qui semblait, dans l'obscurité qui assombrissait le bois, être le seul rempart contre le cauchemar et la désolation dont se paraît durant la nuit cette forêt si inoffensive au crépuscule. Il faut bien le dire, lorsque je regardais autour tandis que nous mangions nos brochettes de bœuf, ma peur du noir s'exacerbait de plus en plus. Cette peur du noir s'était toujours masquée et mélangée à ma peur des forêts et des bois, si bien que je ne savais pas qui des deux peurs laquelle fut la première. Thomas, lui, ne semblait pas posséder cette peur. Il semblait même y trouver un charme, à la nuit, tandis que nos ombres, projetées par la lumière du brasier sur les troncs qui nous environnaient, proliféraient ; et que le chant des hiboux et des cigales retentissait au loin. Il y trouvait du bonheur en somme. Et par son bonheur seul, Thomas me protégeait de ma peur ; sa simple présence me réconfortait, car son entrain naturel, quand il était heureux, semblait alors se cumulait à la mienne par une parfaite synergie qui profitait à nous deux : qui profitait à lui, car le permettant d'avoir le brin de frisson nécessaire pour avoir ce genre de joie dans l'horreur et qui profitait à moi, car me permettant de pouvoir trouver une plénitude pendant ces heures sombres.

Durant un instant où le silence s'imposa, un cri retentit dans la forêt, pareil à ceux que j'avais entendus. Cela me fit échapper un petit frisson. Thomas ne semblait pas se soucier de ces bruits. De toute façon, il se moquait bien de tout, passé le feu de camp et la tente, voyant, dans cette atmosphère lugubre, tout avec bonhomie. Il paraissait même que Thomas aurait pu rester dans le noir des heures sans se soucier du moindre son ni de la moindre sensation. Ce qui fit que, lorsqu'il entendit ce bruit si étrange à mes oreilles, ce cri que j'avais entendu auparavant, son seul réflexe fut de proposer que l'on se racontât des histoires autour du feu.
…

J'acquiesçai sans vraiment y penser, essayant bien mieux d'analyser ce son et de trouver sa provenance. Je traquais l'oiseau de mes yeux, de mes pupilles et enfin, je le vis, déambulant dans l'obscurité. J'étais prêt à l'attraper quand, tout à coup, il se révéla, près des flammes qui jetaient son ombre sur un tronc. J'étais prêt à le faire fuir, mais une peur sourde m'habita alors : ce que je pensais être un oiseau n'en était pas un. Il n'avait ni yeux, ni bec, ni bouche, ni ailes. Son plumage était lisse comme de la peau, et son bec n'en avait que la forme. Et essayant de bien voir, de bien examiner cette bête, je me rendis compte que la silhouette projetée sur l'arbre n'était pas une ombre, c'était l'oiseau…

Comprendrez-vous la terreur aiguë qui me prit ? Ces frissons que je ressentis de la racine de mes cheveux jusqu'à la plante de mes pieds, comme si j'eus senti des fourmis marchant sur ma peau ? Comprendrez-vous le dégoût ineffable que c'était de voir cette bête qui n'en était pas une ? Comme une de ces créations synthétiques où se confondent machinations et organismes vivants ? J'espère bien que non, car c'est un dégoût que je ne voudrais plus me remémorer. Ah... Même des années plus tard, je sens encore la paralysie brusque que ce sentiment me procura. Une de ces paralysies indescriptibles pour ceux qui ne l'ont jamais connu. Une paralysie intérieure, sans cri, sans brusquerie, causé par la simple réflexion d'un esprit qui pense trop.

Alors d'un coup, sans que je ne tournasse la tête, l'oiseau disparut et seule son ombre resta quelque temps avant qu'elle aussi ne dût s'évanouir dans les ténèbres.

Thomas crut alors que son histoire m'avait fait peur et rit un moment. Mais, dès que je détournai mes yeux de l'oiseau, toujours imperturbable, paralysé même et sans même le remarquait, il comprit que ce n'était pas son histoire, mais un événement dans la nuit qui avait provoqué ma terreur. Il se fâcha, comme un enfant. Thomas s'énervait toujours comme ça. Jamais, paraissait-il, Thomas n'avait agi en adulte. Il était resté un enfant en lui et, enchaînant quelques phrases maladroites qu'il essayait de porter sur moi comme un reproche, il essaya de me faire raconter une autre histoire. Mais je n'étais plus d'humeur. Je fis semblant d'être fatigué et je dis simplement qu'il fallait que j'aille dormir à poings fermés. Il s'énerva et alla se coucher aussitôt, tandis que je continuais à mâcher ma viande sans la déguster.

Je voulus un instant rester à entendre crépiter le feu de camp, mais je me résolus à éteindre les flammes et à m'abriter sous la tente. Quand je rejoignis Thomas, il était alors déjà dans les bras de Morphée : moi, je ne pouvais presque plus dormir, maintenant ; ma peur me tétanisait. Au bout d'une heure, j'essayais de voir ce que Thomas avait donc pu refermer dans ses divers sacs. Il y en avait alors un qu'il avait emmené dans sa tente. L'examinant, je ne découvris, de prime abord, que du matériel, du bric-à-brac sans grand intérêt. Des cordes d'escalade et du charbon, des pics à brochettes, du nécessaire de toilette... Quand, tout à coup, caché derrière tout ce matériel encombrant, je découvris, presque sorti de l'abîme, un minuscule casse-tête ; à l'intérieur une petite clé. J'essayai de le résoudre mais déjà fatigué et ensommeillé, j'empaquetai tout son matériel et commençai en vain à dormir...

    L'oiseau surgit alors, brisant le silence, et attaqua mes tympans de toutes ses forces. Un cri dans la nuit, c'est un long appel de cauchemar dans l'abîme, de détresse dans le désespoir. Mon sang ne fit qu'un tour avant de se glacer dans mon corps. Je crus un instant que le cri allait être unique...
    Mais les cris ne s'interrompirent pas et je décidai de sortir. Je voulais voir cet oiseau, je voulais le chercher, le tuer peut-être, ou tout du moins faire cesser ces bruits terrifiants, ces hurlements qui commençaient à échauffer mon crâne. Dans cette forêt noire, où seules les étoiles de minuit m'éclairaient dans la solitude frappante de cette soirée sans bruit, je déambulais, courant fébrilement à la poursuite de ses cris angoissants...
    Cette nuit-là, je ne vis jamais l'oiseau.

Cette nuit-là, même, je crois bien qu'il disparut dans l'abîme des ténèbres, tandis que les feuilles mortes craquaient aux contacts de mes pieds et que les buissons rafraîchissants m'enivraient de stupeur et de dégoût lorsque j'humais leur putride senteur. Je n'aurais jamais pu penser que l'oiseau avait pu, d'une si simple façon, se dissoudre dans le brouillard de cette forêt, alors je le cherchais encore. Au fond, il était impossible pourtant qu'il ne s'échappât point avec tout le tapage que je faisais dans ces bois sombres et ténébreux où tout semblait pourrir comme de douces fleurs d'automne durant l'hiver. Pourtant, je m'entêtais, traquant cette bête de mes forces et de ma conscience – qui passait, en cet instant, outre ma peur et mes tourments – pour poursuivre cet ennemi de la forêt, ce corbeau sans ailes ni plumes, sans becs ni yeux, sans forme ni visage.

Cette peur pourtant frigorifiait mes membres, paralysait mon esprit, cadenassait mes muscles et il n'aurait fallu qu'un geste, qu'une sensation de plus pour que je fasse un tour à cent quatre-vingts degrés et que je bondisse dans la tente.

Je sentais alors que le simple toucher d'une fourrure, la simple mollesse d'une plante ou le tressautement d'un insecte sur ma peau aurait pu me faire cette sensation ignoble qui aurait procédé à ma volte-face.

Soudain, un *crash* assourdissant a retenti dans la forêt.

Il était plus qu'assourdissant. Il était terrorisant. Inexplicable bruit dans ce silence de plomb, qui avait semblé faire régner en cette forêt comme un grand malaise même dans les coins les plus sombres et les plus visqueux. Mes yeux se dirigèrent avec effroi vers la direction d'où provenait le bruit. Alors, tout d'un coup, je sentis mes jambes trembler, prêtes, d'un instant à l'autre, à vaciller sous le poids de la crainte et de la peur ; car tout d'un coup, une idée obscure me vint à l'esprit : l'auto de Thomas s'était fait renverser et nous ne pourrions plus jamais quitter cette forêt.

Je pensais alors à ces vers qu'un jour, j'avais lus dans un de ces recueils de poèmes stupides, mais que j'avais dû apprécier, me demandant si, un jour, j'y repenserai donc :

Tels des pêcheurs nous vivrons
Tels des martyrs nous mourrons

C'est l'affreux songe qu'un jour
J'aimais sans y penser pour

Mais alors que j'ai horreur
De mon glas, je la comprends

Oui, là, je le sens... mon cœur !
Pourquoi ta mort donc j'apprends ?

Ah ! La fin des fins oui, cette mortelle armée !
Mais au bord du gouffre, je l'attends en ami
C'est dans la mort alors que je m'y suis remis
Sans tourment même et sans peur, car je l'ai aimé

Adorer, oui, et comme les femmes ! j'ai fait
À cette vile faux à qui j'allais devoir
Donner le dernier beau souffle d'un au revoir...

Pourquoi succomber à de si atroces fées ?
Si ce n'est alors que pour accepter leur sort
Aussi terrible et pur que la peste ou la mort...[6]

---

[6] Cette poésie n'a jamais été extrait d'un quelconque recueil.

L'ombre

I

Un silence se répercuta à travers toute la forêt, tandis que la réverbération du *crash* s'évanouissait dans les décombres de bruits fantasmagoriques.

Non, je n'étais pas dans un rêve ; tout ce que je voyais était réel. Le moindre son, la moindre noirceur, le moindre insecte.

Là, dans la noirceur, des formes grouillaient.

Ici, dans la paralysie, le visage monstrueux de la mort s'entr'apercevait.

J'étais de retour dans le cauchemar de mon enfance. Je regardais et voici le monde s'obscurcissait encore plus, encore plus terriblement. Le croque-mitaine était même là. Je le sentais courir, traversant à la vitesse du son la moindre parcelle de la forêt, allant me trouver d'une minute à l'autre. Mes yeux ne bougeaient plus ; j'essayais de le voir. Mais ce dont je ne me rendais pas compte, c'est qu'il était hélas déjà là.

Le croque-mitaine était la forêt.

Et je ne pouvais que constater les divagations qu'elle me faisait emprunter. Je ne pouvais que percevoir les insectes croupir en moi, pourrir même, lâchant leurs œufs démoniaques dans mes veines, dans mes yeux, dans mon nez, dans ma bouche, sur ma langue et sous mon palais, dans les muscles de mes jambes, de mes mains, dans mes pieds, sous ma peau, sous ma gorge, sous mes reins, dans mon âme et dans mon corps. Leurs enfants mangeaient déjà ma peau et mes organes. Je devenais déjà une vaste monstruosité, sorte de mort, de cadavre, d'espèce de charogne purulente non simplement vidée de l'âme, mais vidée de la beauté, de la forme : tas de chair en pleine décomposition, et d'une odeur putride à sentir, genre d'ignominie qu'on ne peut regarder sans vomir.

Alors les souvenirs ne sont plus que du flou, des pellicules distordues, des souvenirs perdus ; je cours à en perdre le souffle, jusqu'à ne plus sentir ces bêtes qui grouillent à la plante de mes pieds, au fond de mes vésicules, de ma cornée et de mes pupilles, les dévorant petit à petit. La peur maintenant, ma seule amie, me fait voir les idées obscures, horribles, atroces, qui n'ont que pour but de venir habiter cette machine à vapeur que devient mon esprit, et ça du fond de ma tête jusqu'à la cime du crâne sans pourtant en débarrasser ces insectes morts qui trottent en moi.

Ensuite, plus rien.

Arrêtant de courir un instant, je devins stupide et fatigué. Assis dos à un arbre, je m'écroulai, cachant mes yeux sous mes mains comme le faisait Thomas quand il pleurait auparavant et essayant, pour ensevelir mes idées sombres, de penser à des remémorations joyeuses qui auraient pu m'emmener hors de cette horreur...

Le réveil fut brusque.

« Allons-y, je n'en peux plus de cette forêt, nous ferions mieux de partir. », telles furent les premières images que j'eus de Thomas. Il me releva et comme dans une trêve du cauchemar, je vis ses yeux à moitié cernés où l'on voyait autant la fatigue que la crainte. Je regardai les alentours : nous étions au camp. « Comment m'as-tu trouvé ? ai-je demandé. — Mais n'étais-tu pas simplement endormi ici ? Comment t'aurais-je trouvé alors que tu es déjà là ? » fit-il, sans plus de réponse. Je n'osais le dire, mais je ne comprenais rien.

Confus et sans repères, nous nous décidâmes néanmoins à emballer nos affaires et à partir aussitôt. Je fus dégoûté du soleil qui commençait à poindre vers le ciel ; j'eus la désagréable impression qu'elle était factice, renfermant un cœur infect, un intérieur empoisonné et nauséabond qui semblait nous contaminer de l'intérieur. Un gâteau rempli de viscères.

Perdus à travers les arbres et les buissons, nous ne trouvâmes jamais ni la route ni une sortie à cette forêt devenue impénétrable. Nous n'avons fait que marcher et marcher sans fin, sans repos pendant près de huit heures. Huit heures de souffrance où, tandis que l'espoir s'estompait à mesure que nous nous enfoncions dans ces bois ténébreux, il se formait, de nos longs songes croupissants, un large étang de désespoir où nous étions prêts à nous y noyer, Thomas et moi.

Au bout de ces heures longues et douloureuses, tandis qu'une nouvelle fois, le crépuscule s'annonçait, nous finîmes par faire halte près de deux troncs soigneusement coupés où nous nous assîmes, et où, par la même, je commençai à me désaltérer. Thomas se mit en tête de nous localiser sur la minuscule carte qu'il avait emportée. Bien que désespéré, il avait déjà fait ça un nombre incalculable de fois bien qu'à chaque tentative qu'il essayait en vain, il se résolvait à cette triste fatalité chaque fois : nous étions perdus. Cela venait surtout, disait-il alors, que la carte « ne montrait que très peu la forêt et très bien la route. » Je ne l'avais jamais vu, ce prospectus, mais j'y avais observé, dans les quelques fois où Thomas me l'avait fait entr'apercevoir, que la forêt ne se montrait que dans la partie supérieure de ladite carte. Après avoir bu mes dernières gouttes d'eau, et fâché un peu que Thomas ne me montra pas sa carte, je m'approchai de lui et la lui subtilisai un instant.

« Qu'est-ce que tu fais ? » prononça alors Thomas. Sans vraiment l'entendre, je la mis dans le bon sens pour enfin voir ce qu'elle contenait. Mais alors qu'enfin, je pus l'examiner de mes propres yeux, je remarquai, très distinctement, que la route, cette route si tortueuse et fastidieuse à prendre, celle-là même qui m'avait fait arracher les cheveux de la tête, n'était, sur la carte, qu'un simple sentier net, qu'un long trait gris, sans détour ni fioriture qui, comparée à la route – ou plutôt aux dédales – que j'avais due serpenter durant de longues heures aussi fatigantes qu'insoutenables, semblait n'être ni plus ni moins qu'une aberration qui semblait même faire douter mon esprit et ma mémoire.

J'eus un grand haut-le-cœur et, peut-être pour oublier cela, ou pour décharger le frisson terrible qui commençait à m'habitait, je commençai à rire nerveusement, comme pris d'une folie chronique et vis Thomas qui, avec un regard cerné, ne me considérait que très peu en vérité. « Thomas, fis-je, mon cher ami, pourquoi n'as-tu pas voulu qu'on aille à la montagne ? Cela aurait été bien mieux… Nous aurions vraiment dû… — Non, me répondit-il, dans les montagnes ou dans ce hameau que tu m'as renseigné, nous aurions été aussi malheureux qu'au village. » J'étais intrigué. « Pour quelles raisons ? continuai-je alors. — Pour quelles raisons ? répéta-t-il d'un ton narquois tandis qu'il me fixait, imperturbable. Tu me demandes vraiment pour quelles raisons ? Je vais te les dire, ces raisons : la première, c'est que ton fichu village est un cul-de-sac où meurent tous les illettrés et les analphabètes ; la deuxième, c'est que la montagne est autant infestée d'imbéciles que ne l'est ton village ; la troisième, c'est que tu sembles trop l'adorer pour sortir vraiment de cette cage où tu t'es enfermé ; et, tu comprendras, *cher ami*, que je déteste cela, d'être stérile à un point où on n'ose jamais aller autre part qu'à l'autre bout du champ ! »

Quand il a terminé, j'étais médusé, d'abord de surprise, ensuite d'effroi. Ça me paraissait si étrange qu'il invente ce genre d'insulte contre moi, et contre le village où j'étais né et où j'avais grandi. Je pensais qu'il fabulait ou qu'il n'était pas dans son état normal au moins. Je fis comme si ces mots étaient incompréhensibles dès lors : « Thomas, ai-je donc répondu, je ne comprends vraiment pas ce que tu me dis. Le problème, de toute façon, n'est pas dans mon village ; le problème, je vais te le dire clairement, c'est que nous sommes perdus dans cette forêt. Sans carte, semble-t-il, ni chemin qui puisse nous aider à trouver la sortie. Et, en ce qui concerne mon village, ma terre natale, je vais te le dire clairement, c'est insultant. C'est ici que j'ai vécu toute ma vie ! Et ce que tu traites "d'imbéciles", ce sont des personnes mille fois plus adroites que tu ne peux l'être. Sans eux, je serais mort ! Et sans moi, Thomas, toi aussi, tu serais mort ! — C'est ce que tu crois... Toi aussi, tu n'es qu'un imbécile, en fait. »

Il se retourna alors, comme un pauvre enfant capricieux. Il avait déjà agi plusieurs fois comme cela, se retournant dos à moi, sans véritable raison, excepté ses caprices. Et, peut-être parce que je comprenais vraiment à quel point cela me gênait, peut-être parce que j'étais fatigué ou peut-être bien aussi parce qu'il avait allégrement insulté mes amis dans ces calomnieuses paroles, je fus hors de moi, les yeux cernés de rouge et, dans un accès de rage, tandis qu'il me tournait encore le dos, je me fis le devoir de lui dire ses quatre vérités : à quel point sa solitude lorsqu'il était au village était méritée, à quel point cette idée de s'en aller était puérile, stupide et immature ; à quel point il aurait pu, au lieu de se morfondre, se trouver des amis dans cette ville ; à quel point au final, il y avait un fossé entre lui et moi, entre lui, si immature, capricieux, stupide, inadapté à la vie adulte et moi, qui avait su, dans le brouillard qui avait animé ma vie, trouver mon chemin, ma voie tout sans l'aide d'aucuns. J'ai fini par lui dire que, s'il voulait enfin se conduire en adulte, il devait se retourner, présenter ses excuses à moi, à mon village, à ces « imbéciles » qu'il dénigrait sans raison. Mais Thomas ne se retourna pas. Il déposa juste ses sacs en défaisant ses bretelles et en lâchant les paquetages qu'il tenait à la main. « Très bien ! finis-je par dire. Continue donc sans moi ! J-J'irais retrouver cette route ! Et je partirais sans toi ! » ai-je terminé en criant.

Mais il n'a plus rien dit.

Je le quittai donc en me retournant et ensuite en marchant tout droit, espérant par cette manœuvre faire cesser cette dispute et calmer Thomas (mais peut-être lui aussi voulait-il mon calme…). Au bout d'un moment, à errer sans bruit à travers cette forêt, seul, très seul, et dans un noir très sombre, je ne fis qu'entendre les cigales chanter et les vents transporter des feuilles en les faisant tourbillonner. Péniblement dans ces bois, j'avançai, transportant mes bagages où se trouvaient éparpillés des vivres, des outils et des tentes. J'espérais, en ayant ces tentes et ces vivres, attirer Thomas qui, par la faim, serait obligé de quémander mon pardon.

Une demi-heure plus tard, voyant que Thomas ne revenait pas néanmoins, je sentis alors ma colère envers lui s'envoler et une peur panique la remplacer dans le noir sans fin de cette forêt sans fond.

II

Durant un bon bout de temps, j'étais constamment épuisé. Marchant des dizaines d'heures en quête d'une sortie que j'essayais de trouver en dépit du bon sens, il était sûr que tôt ou tard, la fatigue irait me tuer dans mon moment le plus fragile et le plus inoffensif. Ma vision, aspirée par cette lassitude qui entraînait avec elle mes membres et mes organes, se troubla, mes mains se glacèrent, mes jambes s'engourdirent et mon esprit se fit alors empoisonner par un cerveau que je sentis tout d'un coup constamment bourdonner au fond de ma tête tout en me disant, malgré le contrôle que j'essayais de lui imposer : « dors sinon tu vas mourir. »

Cette nuit-là, n'ayant même pas installé de tente, je dormis, adossé à un arbre. À ce tronc robuste, mes yeux se fermèrent, oubliant même le froid de la forêt et ne sentant plus que la douce et chaleureuse odeur de la sève, de la terre boueuse et des feuilles mortes qui commençaient à se poser sur moi.

Je fis un rêve étrange, très étrange où il me semblait que je devenais, pour la première fois depuis des années, heureux. Un sourire alors, aussi bien dans le rêve que dans le réel, apparut au coin de ma bouche et, j'aurais pu, si je l'avais voulu, rester là, à dormir, rêvant de joies et de bonheurs. Oui, j'aurais pu… Mais quelquefois, des frissons passaient, indétectables, minimes, et me faisaient sursauter lorsque je les ressentais. Alors, je me réveillai ; une heure ou un jour plus tard, je ne le sais pas. Tout, dans cet espace-temps abstrait dans lequel ma vie s'était confondue dans ma mémoire, tout alors commença à m'habiter d'une peur gangrenant mes yeux et mon âme.

Le fait est que ce frisson était bien lié à quelque chose. La forêt s'était assombrie bien qu'il faisait encore jour. Et le soleil, en haut, semblait encore être plus faux que d'habitude, comme délavé de sa lumière et assombri par l'obscurité. Tout alors sembla plus enfermé, plus sous-éclairé comme si rien n'avait plus ni consistance, ni forme, ni vie. Je me suis mis debout, des fourmis creusant des galeries dans ma chair, semblait-il, et alors, cachée entre deux arbres, une forme abstraite et sombre se discernait à l'horizon de ma rétine : une grande silhouette. Pétrifié, en le voyant, je le regardai, les yeux écarquillés, tout en le considérant de haut en bas. Je n'arrivais que très mal à le décrire tellement l'obscurité le nappait de brouillard ; néanmoins à travers quelques éclaircies, j'arrivais à mieux le voir. La silhouette avait la physionomie d'un humain ; elle était un être qui se voulait humain, semblait-il, mais, en le faisant, le monstre était au mieux grotesque au pire terrifiant. Ses membres et ses formes ne correspondaient aucunement aux bonnes dimensions. Il semblait que de nos têtes il en avait fait une image de grande branche monstrueuse, et de notre corps, un amas de chair qui semblait toujours se mouvoir sur place. Et alors, il y avait un sentiment malsain à force de le voir, une dégénérescence de l'organe à fixer un être qui n'était ni nous ni autre mais qui nous ressemblait autant que deux gouttes de sang, perpétuellement monstrueux à chaque fois qu'il semblait qu'un de ses membres se mouvait accidentellement, quasiment familier, mais imperturbablement étrange, amalgame des idées humaines, où se confronte toujours l'horrible et le commun ; voici la silhouette en chair et en sang.

Parle, a alors fait le monstre. Nous n'avons pas le temps.

Restant une heure, paralysé, je répondis, mort de peur pourtant : « Q-Qui êtes-vous ? » Il me fit : Nous avons été Toi. Mais Eux aussi. Nous sommes les deux réunies dans un même corps. Je bégayais : « D-De qui donc parlez-vous ? » Veux-*tu*[7] vraiment savoir ? dit-il. Être purulent, *tu* te sens assez apte à voir la mort en face ? « Non » Bien alors arrête. Il me fixa alors. Il n'avait même pas d'yeux, même pas de bouche... Comment faisait-il pour vivre ? « Pourquoi ne puis-je trouver la sortie ? », questionnais-je enfin. À cet instant, l'être me regarda et sembla me crier en même temps ; je vis des yeux me parcourir sans que je ne les voie, des regards se dirigeaient sur moi sans que je ne les perçoive ; j'étais aveugle dans un monde de voyants, des voyants qui m'obligeaient à les regarder sans que j'eusse pu donc les remarquer. Un temps immémorial se passa. C'était un très mauvais choix de quitter Thomas, finit-il par dire, c'était la seule personne en qui *tu* pouvais parler. Tu t'es tiré une balle dans le pied en le quittant. « Pourquoi je n'arrive pas à trouver la sortie ? » ai-je répété. Pourquoi *tu* n'arrives pas à trouver la sortie ? fit-il. ***Tu*** l'as trouvé : *tu* t'es juste forcé à ne pas le voir. À cause d'Eux... Eux le savent, mais ils ne le veulent pas... Tes intestins te l'interdisent, ton cerveau te le défend, tes os te l'empêchent. « Et pourquoi ? » demandais-je. Il répondit : ***Tu*** le sais Oh *tu* le sais...

---

[7] À noter que les signes caractéristiques établis (italique, etc.) n'ont été seulement mis lorsque le texte était souligné ou autre (la mise en gras est appliquée lorsque le texte se démarque du reste d'une manière ou d'une autre). Lorsqu'il y avait deux traits, j'ai décidé de rajouter un soulignage comme on en verra au Livre 5.

Mais *tu* les as cachés… Certains se sont effacés, certains se sont changés. Et pourtant, ils sont restés dans un autre endroit, plus cachés, plus enfouis, empilés les uns sous les autres, les uns sous les autres, les uns sous les autres, les uns sous les autres, les uns sous les autres, les uns sous les autres, les uns so

Le monstre a ainsi disparu. Il sembla que jamais, je ne le revis.

Il paraissait que les gens qui m'avaient vu, qui m'avaient aimé, qui m'avaient laissé tomber semblaient de nouveau me regarder. Il semblait que, cachés derrière les arbres, ils s'amusaient de moi : et ça, je ne pouvais le supporter. J'étais vraisemblablement l'amuse-gueule de tout le monde, aujourd'hui.

IV

Le long chemin que j'ai dû emprunter après ça, il faudrait des années pour que je le retranscrive avec exactitude sur le papier. Le temps que je passais à travers ces buissons et ces troncs, j'arrêtais un jour de les compter ; ce jour-là, je crois, j'y avais déjà passé cinq mois. Alors, je compris que je serais immortellement misérable. Que l'eau et la nourriture étaient inutiles à ma survie… La première fois que j'eus famine, la douleur me tenaillant le ventre, j'espérais pourtant un Salut de Dieu, qu'Il me délivrât de l'abîme… Mais Dieu n'écoutait plus aujourd'hui. Ni Dieu ni Jésus-Christ ; j'étais en dehors de Leur Monde. Et la faim, la douleur du ventre, tout cela n'importait plus aujourd'hui. J'avais faim, j'avais sommeil, j'avais le cerveau crevé, la peau déchiquetée, le ventre nécrosé ; mais je ne mourrai pas.

En effet, j'étais déjà mort : je venais de rejoindre l'enfer...

Un mois et une heure se confondent en mon esprit. Ma vision s'est troublée si bien que des mésaventures qui se sont passées ici, je ne m'en souviens que d'un pourcentage infinitésimal maintenant. La peur m'a engourdi, voilà tout. La solitude aussi, je le crois. Ces deux sensations que mon esprit avait fuies depuis longtemps se retrouvaient par malheur de nouveau dans ma vie et je sentais, au bout d'un temps, alors même que je n'avais pas peur, passer en moi un grand frisson glacial qui me transportait chaque nuit dans mes tourments les plus profonds, les plus vils, les plus obscurs, chaque fois que je repensais, dans la nuit ou dans le jour, au profond souvenir des mois tortueux et lugubres que j'avais déjà passés ici. Il serait ennuyeux de dire ce qui s'est passé, cela tombe sous le sens.

V

Mes yeux revoient encore ces arbres, mes organes ressentent encore le froid de la forêt lorsqu'il faisait nuit et mes jambes ont encore les souvenirs des douleurs que j'ai dû endurer des jours et des jours, des mois et des mois et sûrement des années et des années.

De tous les organes, il n'y a eu que le cerveau qui a oublié ces heures de souffrance. Je crois qu'il le fit pour une bonne raison. Souvent, lorsque les expériences sont trop traumatisantes, le cerveau les bloque, et on ne peut les remémorer que par notre peur.

Depuis ces années, ma peur du noir, au lieu de s'être atténuée, s'est développée plus qu'autre chose. Depuis ces années, les forêts, l'herbe, la nature ont ce côté morbide dans ma tête qui me crée toujours une panique sourde dans ma boîte crânienne. Depuis toutes ces années, j'ai l'impression que, lorsque l'obscurité me submerge, il y a toujours des silhouettes qui m'observent, qu'il y a toujours des insectes sous ma cornée et qu'il y a toujours des mollusques sous mon épiderme…

…
Quand je vis le village, je sentis d'abord une énorme joie tressaillir en moi. Je crus que c'était fini, que ma vie, ma vie dans la civilisation, ma vie dans le village, ma vie en dehors de cette forêt allait finalement reprendre. Mais alors, quand je me rendis compte que, dans ce village, outre ma peur et ma solitude, outre mes tourments, outre ces yeux pesants qui, hélas, sans solutions contre cela, semblaient encore, malgré moi, malgré mes peurs, continuaient à me regarder, pas un chat ne miaulait ni un oiseau ne pépiait, et je me rendis compte d'un coup du silence brutal du village. Ce n'en était pas un.

Rien n'avait de sens. Rien n'avait de direction. J'avançais et déjà, mon ventre se nouait en voyant ces étranges maisons lugubres, parfaits miroirs difformant des bâtisses que j'avais connues jadis. L'on pouvait trouver, dans toutes ces maisons, toujours la peur, la solitude. Aucune âme qui vive. J'essayais néanmoins. La première maison que je considérais, à gauche de la route, petite, sale, n'habitait donc rien si ce n'est l'obscurité. Enfin, je regardai d'un côté et de l'autre et, je vis soudain une galerie immense de tunnel, d'escalier au fond des caves qui semblait ne mener à rien excepté vers des murs et des briques. Une autre maison, celle de droite alors, était une grande maisonnette bâtie sur deux étages ; dans celle-ci, les pièces semblaient avoir été meublées au hasard et, outre la logique étrange qu'avaient les pièces, paraissant avoir été organisées par un schéma où les formes et les directions se seraient distordues, je remarquais ici de grandes pièces vides et là, un fourmillement de cartons remplis de cotons, de l'un, une étagère remplie de groupe électrogène et de l'autre, des radiateurs traversant des pièces par la longueur sans qu'un trou n'eût pu avoir été percé. Rien n'avait ni queue ni tête. J'avais envie de marcher au plafond, de me rouler dans la boue, de marcher à quatre pattes ; mais je me relevai, car, malgré le dépit profond qui commençait à m'habiter, j'arrivais à voir, dans le brin de civilisation factice que me faisait grâce cette forêt, des espoirs de fuite.

Avec ce nouvel espoir, je commençais maintenant à mieux considérer les objets, et à même trouver une logique à ce non-sens. J'aurais pu traîner là encore un moment, regardant ces maisons, ces jardins, encore et encore jusqu'à ce que je ne possède plus rien d'autre que les yeux de la tête.

Mais alors, je vis Thomas par l'une des fenêtres.

VI

Je suis entré dans le pavillon dans lequel il s'était réfugié ; arrivé à quelques pas de lui, Thomas a arrêté son mouvement. Il avait les yeux rouges de larmes. Il les retenait tout de même assez, assez au moins pour qu'on s'étreigne sans que je ne sois trempé. Je n'aimais pas les étreintes, mais après tout ce temps, séparés l'un de l'autre, il fallait au moins faire ça. Je finis par dire : « Il ne faut plus jamais qu'on se quitte. Plus jamais… Promis ? — Promis, a-t-il fini. » Nous décidâmes ensuite de traverser le village. L'eau du puits nous hydrata et les vivres que l'on trouva dans les placards de nos voisins nous revigorèrent. Quand nous finîmes le souper, après des semaines et des semaines sans que je ne puisse manger, Thomas a de nouveau parlé, tout revigoré alors : « Je le sais, mon ami, nous ne sommes pas encore sortis. Comment faire donc pour partir ? Ah ! Un jour déjà passé ici ! Et que j'ai soif et faim ! — Que viens-tu de dire ? Un jour ? interrogeai-je — Eh bien ? Il vient de s'écouler un jour ? Non ? — Non, il vient de s'écouler pour moi de longs et périlleux mois… Comment ? Un jour seulement pour toi ? — Oui. Que veux-tu ? Nous en sommes toujours au même point non ? Nous sommes tous les deux perdus, et il faut que nous sortions ? Un jour ou des années, cela ne fait rien… » Je déglutissais. « Mon ami, fit Thomas, si tu es avec moi, je crois important de nous trouver un habitat, au moins pour l'instant. — Mais où alors ? — Ta maison devrait être convenable. Es-tu d'accord pour que nous y allions ? — Si tu insistes, très bien — Eh bien, j'insiste. »

Mon habitat n'était pas tout à fait le même. Mais étant donné que nous avions ici des vivres – plus qu'à l'accoutumée en tout cas – nous avions choisi comme abri cette maison. En allant dans ma chambre, que nous allions partager pour la nuit, Thomas avait alors trouvé une photo, que je reconnus aussitôt. Je m'approchai de lui, et la lui pris brusquement des mains. « Qu'est-ce que c'est ? fit-il. — Ne le regarde pas ! » interrompis-je. Il prit tout de même la photo. « Qu'y a-t-il ? Nous ne sommes pas amis ? reprit-il. Ah ! Ne te fatigue donc pas à t'énerver. Nous ne sommes que deux à être ici. Si nous sommes en colère, nous ne finirons que par nous séparer, ce qui n'arrangera factuellement rien du tout. »

Thomas me redonna la photo par un air de dédain. Je l'ai mise dans un tiroir. Il y avait écrit derrière : « À mon cher fils que j'aime. » Cette phrase m'effrayait. La photo aussi.

Thomas s'assit, fatigué, sur une chaise à califourchon. Il faisait nuit, une nuit sans clarté. Semblant pensif, comme se remémorant quelque souvenir, il finit par me regarder. Son regard semblait trouver une réponse en moi. Puis, il se mit à regarder le sol, comme s'il semblait comprendre qu'il avait plus de chance de trouver cette réponse-là qu'autre part. Il finit par théoriser : « Je crois que nous sommes coincés dans un piège. — Non… Je crois surtout qu'on est coincé dans un univers que même la conception humaine ne pourrait comprendre, à la limite du seuil de nos connaissances que nous avons acquis au fil des siècles… des connaissances aussi bien physiques que psychiques, aussi bien mentales que dimensionnelles… Mais je crois aussi que nous sommes mieux ici qu'ailleurs… — Tu dis n'importe quoi… »

La ville

I

Nous passâmes deux mois ici.

Nos rêves et nos espoirs partaient en cendre à chaque fois que nous eussions dû avoir une espèce de réponse à nos questions. Il n'y avait rien à faire à part constater ; cela rendait Thomas tout triste, comme toujours. Moi, pour me distraire, j'avais essayé de réorganiser les maisons du village. Un jeu stupide, mais que j'aimais. J'apprenais les secrets les plus intimes. Clarisse aimait les crabes. Jacques aimait les morts. Sylvain la terre. Éric la science. À trois pâtés de maisons de la mienne, près de l'église, se trouvait un vieil homme qui, semblait-il, avait une passion singulière pour les journaux. Il y avait des piles dans sa chambre, de sous son lit à sur sa commode. Il y en avait un que je trouvais assez morbide. On n'arrivait qu'à y lire, le reste n'ayant pas survécu aux affres du temps : « Une macabre trouvaille dans la région ! » Une photo trônait au milieu, emplissant les deux tiers du journal. On y voyait deux corps, dos au sol, les yeux vides. Je le rangeai tout de suite.

Au bout de deux mois, nos journées ne furent plus qu'une triste et longue répétition de mouvement sans cohérence, sans but, sans motivation outre le fait de bouger pour bouger. Nous n'avions plus qu'un objectif : nous en aller. Thomas préférait ne pas retourner dans la forêt, ce qui m'allait très bien. Il fallut trouver un autre moyen qui aurait pu nous faire partir d'ici. Le seul fut ce puits sombre où nous avions cherché l'eau longtemps. Quatre jours et six heures plus tard, nous étions décidés enfin à partir d'ici. Nous descendîmes dans le noir total, armés seulement de cette corde qui nous était si rude aux mains, mais au moyen duquel, tous les jours auparavant, nous avions fait descendre et monter le seau, et qu'alors nous allâmes accrocher à un support pour nous suspendre à celle-ci, afin qu'on ne fît point de chute fatale ; nous emmenions aussi nos sacs où se trouvaient nos vivres et les quelques affaires de campement qui nous restaient. Je ne vous parlerai pas de la peur qui nous tenailla durant toute la descente, les frissons qui nous parcoururent lorsque nous sentions que la corde se tendait sous notre poids, ni la douleur que nous percevions des bouts des doigts. Non. Ces peurs et ces frissons, je les garde dans ma tombe.

…
Et voici nous étions à mi-parcours.

Thomas lui, moins pessimiste, continuait à descendre. À travers l'odeur pestilentielle qui suintait à travers tout le puits, je vis durant un court moment, instant si infime qu'il me parut n'avoir duré qu'une seconde, les yeux de Thomas s'illuminer tout en me fixant. Je crus au premier abord qu'il essayait de voir l'intérieur de mon âme. Âme que j'avais cachée depuis maintes années. Mais Thomas n'avait déjà fait que voir mes yeux désespérés et mes cheveux grisonnants qu'il commença à se détourner de ceux-ci.

Le reste se passa sans embûches.

II

Nous finîmes par voir les remous d'eau à travers la noirceur, le nauséabond, et le dégoût de ce puits. Nous étions à la fin. Néanmoins, elle était aussi noire, aussi lugubre, aussi sombre, aussi sinistre, aussi glauque, aussi frissonnante, aussi grimaçante que si cela avait été une mare remplie de sangsues suçant le sang des cervelles. Je pris une grande respiration, et reprenant mon souffle, je partis suivre Thomas qui, déjà, plongea dans cette eau noire comme l'abîme.

Dès que mon corps plongea vers la froideur terne de l'eau, je me mis en apnée sous elle, essayant de savoir, durant ce petit instant ce que nous faisions, où nous étions : Déjà ! La lumière : tout était inondé de lumière ; pourquoi y en avait-il donc autant ? me dis-je. Je me mis à remonter à la surface. À ce moment précis, je compris que ma vie était arrivée dans l'illogisme le plus net. Car, voyez-vous, ne se trouvaient pas sous moi quelques plafonds d'égouts insalubres ni quelques grottes de nappes phréatiques, mais se voyait, là, sur moi, le bleu insondable du ciel. Me retournant, car mes yeux d'un coup, après tout le noir que j'avais dû traverser, se mirent à brûler devant toute cette clarté, je me retournai et vis, de part et d'autre de mon champ de vision, un rivage, rivage farci de cailloux acérés, de galets ruiniformes et de pierres affûtées, qui serpentaient de part en part la mer où nous avions atterri, moi et Thomas. Au-delà du rivage, une muraille haute, imposante – semblant atteindre l'éther – nous cachait le reste du ciel. Je n'arrivais même à concevoir alors le ridicule de ma situation. Moi qui voulais m'échapper de cet endroit, il semblait maintenant que j'y étais tout entier. Je n'arrivais plus à comprendre. Je me figeais. Incrédule, j'essayais néanmoins de trouver de quelque manière scientifique que ce soient les raisons qui nous amenaient alors ici tandis que quelques secondes plus tôt, nous étions encore en train de ruminer à travers les parois d'un puits insalubre. Je ne pouvais exprimer ma stupeur ou ma colère – deux sensations qui alors m'envahirent en même temps dans la moelle et l'esprit – car, trop glacé par le fleuve, le simple fait de montrer cesdites sensations m'aurait sûrement tué. J'étais à bout de souffle. Sans même interagir avec Thomas, je me dirigeai vers la rive, voulant à tout prix arrêter cette glaciation de mon cœur. Dès lors, arrivés enfin sur les cailloux ardents, Thomas et moi nous nous allongeâmes sur ses dits-cailloux, séchant grâce au ciel, brûlant à cause du soleil. Les pierres ruiniformes nous perçaient le bord du dos, nous infligeant chaque seconde la douleur de dix mille piqûres. Debout, nos chaussures se trouaient, laissant passer leurs pointes, tuant la plante de nos pieds de leurs mille coups à la fois répétés. Le froid nous glaçait, la chaleur et les galets nous meurtrissaient, aucun des deux choix n'étaient une solution à long terme, l'eau étant bien trop froide pour que je voulusse y mettre un doigt. J'essayai bien d'enlever les galets mais sous leurs couches, se trouvaient des pierres toujours plus acérées, toujours plus atroces ; alors je me résignai. Après avoir compris cette souffrance qui commençait à me procurer un désespoir tel que même mon esprit invoquait des pensées de plus en plus fantasques, charcutant le phrasé de ce qu'ils semblaient énumérer, je m'y suis habitué comme tout, voyant le ciel pour oublier un tant soit peu le tourment que j'allais vivre.

Quelques pas plus tard, après que je m'étais séché, je regardais en arrière : le puits où nous étions arrivés n'était toujours pas présent : il n'y avait plus d'échappatoire. Je fixais ensuite l'autre côté du fleuve : il n'y avait ici qu'une ville bétonnée, sans vie ni âme où de gigantesques gratte-ciels immenses et de petites maisons s'alignaient pareillement. Je lui dis alors, tandis qu'il sembla le voir avec une sorte de surprise et d'émerveillement : « Cette ville est aussi déserte que le village. Nous serons coincés ici pour l'éternité, dans la solitude la plus profonde. »

Avec les quelques branches qui parsemaient le rivage, nous pûmes fabriquer un tapis de fortune, où, la nuit, douce nuit sans astre que nous eûmes quelques heures plus tard, nous nous mîmes sur notre séant (s'allonger nous était encore trop douloureux pour qu'on s'ose consciemment à cette action) tout en regardant l'abîme sans fond que représentait alors le soir dans ces conditions. Sans astres, sans soleil (la grande lumière qui me surmontait était-il vraiment un *soleil* ?), sans paysage sinon cette ville, sans décor sinon ce fleuve, je sus alors qu'on ne tiendrait pas cinq jours sans devenir fous à lier. Le désespoir nous entourait de toutes parts, et le froid (un froid encore plus glacial que dans la forêt) nous congelait jusqu'aux os. Je me retournai sur le tapis, m'assoupissant avec des sanglots gelés sur mes joues. Je me mis alors à songer dans des rêves de plus en plus noirs sur qui j'étais donc, et sur les différents « Pourquoi ? » qui m'apparaissaient. Pourquoi ma vie s'éteignait-il donc à l'équinoxe de mon âge ? Pourquoi la réalité s'était évaporée ? Pourquoi l'on m'avait propulsé dans ces paysages arides, sans vie ni charme ? Pourquoi ma vie devenait si morose ? Qu'avais-je donc fait pour mériter cela ? Qui étais-je pour finir ? Qui étais-je ? C'était cela la question la plus ardue que je me posais ce long soir… *Qui étais-je ?* Arrivée des entrailles d'un Dieu songeur, sourd et infini, cette question seule arrivait à me mettre dans ces réflexions terribles qui me permettaient de percevoir l'infinitésimal et l'univers au même instant. J'élucubrais. Je questionnais. Je me mettais à mourir consciemment, à ne même plus vivre, en pensant à cela, à ces trois seuls mots qui semblaient s'agrandir terribles et sonores donc à mes oreilles et dans mes entrailles. Mes rêves s'assombrissaient à cette phrase. Par cette question, ma perception du monde ne se résumait plus qu'à des aspects toujours plus abstraits comme si nous étions entrés dans les gouffres affreux; *perpétuelle douleur*, semblable alors aux peines et aux tourments que nous infligeaient les cailloux acérés dans lesquels, mes nerfs voyaient toujours comme des insectes grouillants, mordants et déchiquetant, sortis alors des pierres pour me percer les yeux et les tympans.

Alors Thomas me réveilla. « Lève-toi. » disait-il. Et alors, me regardant de ses yeux écarquillés, il me cria tout au fond des oreilles en pointant l'horizon, la ville du doigt : « Regarde ! » Mes yeux s'agrandirent. Par-delà le fleuve, dans cette ville dont j'étais sûr qu'aucune âme ne vivait, de part et d'autre, des feux d'artifices étaient lancés, de brillants scintillements de toutes les couleurs se figeaient dans ma rétine. Ces lumières bleues, blanches, rouges, vertes, jaunes, ardentes dans les cieux, me parvinrent ainsi à travers le tumulte des bruits sourds qu'ils provoquaient alors, quand cette pyrotechnie empaquetée explosait en volutes, en serpentins, en guirlandes luminescentes qui teintaient alors l'eau de ce luisant reflet. Imprimés dans ma pupille, je ne pouvais que me dire cela : « Je déteste. » Je haïssais tout bonnement ce spectacle. Je détestais cette fête ! Ô ! que je détestais ! J'aurais tout fait alors pour les rejoindre, ces gens de l'autre côté du fleuve et les tuer, un à un ; pour quelle raison ? Parce qu'ils le voulaient sûrement. Ces feux, c'était leur signal. Il fallait que je les assassine. Que je trouve la veuve et l'orphelin, et que je les tue, eux aussi. Je ne pouvais que penser ça. Que songer à cette pensée terrible tandis que j'observais ces ondulations chatoyantes, ces arborescences enflammées qui nous narguaient, nous qui étions frigorifiés, affamés, et sans logis. Ils nous riaient au nez, ils se moquaient de nous, de nos regards pathétiques, de nos yeux cernés, et de notre tragédie stupide à leurs yeux. « Il y a des gens ! Ne le nie pas ! » D'un coup, il se jeta à la mer. J'étais prêt à le suivre, enragé maintenant, quand tout à coup, il fut emporté par une vague démentielle. Il faillit presque se noyer.

    Effrayé tout d'un coup, oubliant même ce qui se passait, je m'élançais alors jusqu'à lui tenir la main.

    Quand il parut, à moitié noyé, il me rejoignit, disant en haletant : « Il faut que l'on construise un radeau. Il faut qu'on le mette à la mer, et que l'on rejoigne la ville. » Je répondis : « Ce sera dur à faire avec les quelques branches que nous avons. » Thomas fit alors, marchant sur les pierres : « Il faut que nous franchissions le mur, ou que nous le contournions... Il y aura sûrement du matériel de l'autre côté. »

    Le lendemain alors, après une nuit inconfortable, nous nous réveillâmes tout en nous demandant cette simple question : « Comment allions-nous faire ? » Il semblait que nous étions bien trop petits pour cela. Le mur avait l'air infranchissable, et les quelques branches et vignes qui parsemaient les galets ne pouvaient nous aider : nous voulûmes tout de même tenter l'expérience mais, entre toutes les possibilités que nous offrait le rivage, il n'y avait rien, rien je vous le dis qui pouvait nous aider à cela. Ainsi, les différents choix successivement abandonnés – je ne vous ferais pas l'affront de vous offrir ces quelques pages où nous eûmes un brin d'espoir dans les centaines d'élucubrations que nous fîmes – nous prîmes pour décision de contourner le mur. Deux semaines de labeur. Deux semaines font trois cent trente six heures donc vingt mille cent soixante minutes où nous comprîmes ce que cela faisait d'être un âne ayant le bâton et la carotte en même temps. Chaque seconde qui passait – plus d'un million – durant ces deux semaines où la nuit nous glaçait et où le jour nous brûlait, nous sentions la douleur venir à nos pieds pour devenir dès lors insupportable dans notre cervelet, emprisonnée dans cette boîte crânienne souffrant le martyre sans que nous ne puissions rien y faire. Une pause quelquefois s'installait, lorsque nous nous mettions sur le tapis. Mais là encore, cette pause devait se finir un temps ou l'autre et alors, nous devions replier le tapis, sachant que nous retournerions dans ce massacre, dans cette souffrance affreuse qui revenait de plus belle. Je ne vous dirais le nombre d'heures où, avec cette âpreté que donne la mélancolie, nous nous lamentions en silence, ne sachant que faire maintenant sinon pleurer.

Peut-être était-ce ça la vraie souffrance ? Avancer, et avancer, encore et encore jusqu'à comprendre que rien n'est plus qu'une souffrance bête et méchante du bâton et de la carotte. Parfois, j'oubliais même la raison qui nous poussait encore à continuer. Dans mes songes, plus que marcher, je rampais, comme une chenille. Je pensais à ma véritable forme alors, plus haute ou plus basse, une forme où j'espérais que des ailes diaprées pourraient me faire voler, où je pourrais alors partir de ma chrysalide pour atteindre le firmament pendant qu'ici, mes pieds endoloris pourraient se guérir, où ma souffrance pourrait s'abstraire aux joies du vol. Dans ces rêveries alors que je m'imaginais, j'oubliais carrément ce réceptacle rempli de chair et de sang que j'étais. Non. Pour moi, je n'étais plus alors qu'une forme volante, où mes pieds n'étaient plus transpercés par ces graviers ardents, et cette forme que je voyais au loin, son sac sur le dos, n'était qu'un corps inopérant, ne pouvant sentir que la douleur où il n'y avait là que du bonheur ! Et d'autres fois, dans un élan de désespoir abyssal, je me jetai dans cette eau glaciale, coulant aussitôt car l'épuisement m'avait pesé aussi bien au corps qu'au cœur, puis remontant, lorsque je sentais que je ne pouvais plus y rester, trop frigorifié, les habits trempés.

    Mes pieds mourraient à petit feu. Mon cerveau balbutiait les prémices de sa folie. Mon cœur se perçait de l'intérieur. Mes yeux, mes oreilles, pourrissaient toujours et encore.

III

    Cependant, le froid pouvait guérir la pourriture de mon âme. Alors, je m'y engouffrais, bon gré mal gré, ne sachant quel Dieu malin me faisait autant de meurtrissures en mon être.

    Plus les jours accentuaient la douleur, plus l'eau glacée se faisait foyer de toutes mes joies. Un jour, où nous n'eûmes plus de vivres, plus de viande à manger – et donc plus de plaisir à ressentir – comme une tristesse insondable parcourut mon âme : je ne vivais que pour ça, que pour ces moments de bestialité où je pouvais sentir la nourriture en mon sein, vivifiant mon cœur de la chaleur qui émanait de ces viandes grillées sur le feu de camp de ces abîmes du soir sans étoiles. Voilà que je vivais plus. Abattu, je me jetai dans l'eau glacée, de grosses pierres installées au fond de mes poches ; je voulais me noyer, ne plus sentir l'air parcourir mes narines, oxygéner mes poumons et repartir en contresens, je ne voulais plus vivre ; j'aurais pu mourir à cet instant ; j'étais coupable de respirer au fond ? oui, mais je ne suis pas décédé (peut-être ne fais-je que nier ma mort ?) ; tout est parti de mon esprit : les sensations ne furent plus que des vagues fluctuantes que je pouvais dorénavant éviter ; la vision par exemple ne fut plus qu'un spectacle de sens que je décomposais au firmament de mon esprit sans y comprendre la signification ; et l'odorat (si eût-il même odeur qui puisse agiter les récepteurs olfactifs de mes sinus dans ce fleuve livide) n'était devenu qu'un simple ressassement de mon être envers ce qu'étaient les mots « parfum » et « nauséabond » sans y attraper le doux sentiment que ces effluves me produisaient au fin fond de ma boîte crânienne ; en clair : je ne sentais plus rien, ou tout au plus, je sentais quelques parcelles de sensations distillées à dose homéopathique, comme si l'on avait mis quelques éclats de vision et de parfum dans les flots ; mais plus que ne rien sentir, surtout, je ne me souvenais même plus quel était mon nom, mon prénom ; je me disais alors : « qui était donc Thomas, ce Thomas qui m'avait donc accompagné ? était-ce mon frère ? mon ami ? ou qui que ce pût être, existait-il vraiment ? » : c'est à ce moment précis que je sentis enfin les premières dépressions, les premières putréfactions de ma tête. Je percevais déjà qu'on me trépanait, qu'on me lobotomisait de l'intérieur, sans que je ne puisse même comprendre la douleur aiguë que cela provoquait ; ah ! il était loin ce début, ce jour-là où, tout heureux que nous étions, nous nous mettions à nous installer autour d'un grand feu ! qu'il devait être près, par contre, le froid de la mer ! ce terrible étouffement qui m'emportait dans la torpeur, dans ce vide intense, violent, bestial, qui pouvait, si je ne contrôlais pas assez mon cortex préfrontal, m'aspirer dans le néant total, cette absence de photons, cette absence de vie, de sens, que le simple mot « mort » résume pour tous ceux qui ne veulent pas assez réfléchir pour comprendre à quel point ce mot est funeste, à quel point il est terrible, à quel point il est morbide (*si affreusement morbide !*) et pourtant si commun à tout un chacun qu'il semblerait même que la vie ne tourne plus donc qu'à ce glas total. La Mort est devenue banale ! Il fallait que je me défende, sinon, ce néant affreux, pour la première fois, irait m'emporter ! Le monde dès lors vide de sens, vide de tout, m'enfouirait dans ces replis vertigineux. Mes fibres glacées ne voyaient plus, ne rencontraient plus ; c'était le négatif du monde en haut ; c'était le néant, juste ; et en bas, de tous les côtés où je pouvais me tourner, un trou dans la vision se formait sans que je ne puisse rien y faire : un trou terrible, m'aveuglant de toutes parts dans le vide affreux, s'éternisant dans le non-sens, ne rimant plus avec rien sinon qu'avec des éléments incompréhensibles, ne paraissant n'être là que pour me mortifier sans que je ne puisse crier, sans que je ne puisse voir ma mort !

Et pourtant, je disais, comme si Dieu pouvait m'écouter : « Tuez-moi ! Soyez donc miséricordieux ! Libérez-moi de l'enfer ! S'il vous plaît ! Qu'ai-je donc fait de mal ! Qu'ai-je donc fait pour arriver ici ? »

Cela ne servait à rien de l'appeler : je ne pouvais plus me noyer.

Mon nez, certes, me démangeait ; mes poumons se remplissaient d'eau ; mais la mort tant convoitée n'arrivait jamais. Au fond, je ne le supportais pas ; le néant m'aspirait certes mais jamais, semblait-il, ne me mortifiait. Et, par la même, comme les démangeaisons affreuses que nous confèrent la peste, la bactérie des morts, tout semblait m'être douloureux sans que, quoi que j'y fisse, je ne pusse guérir de cette souffrance ; j'étais dans une sempiternelle torture ici ; j'eus peur tout d'un coup ; j'eus peur de ne pouvoir avoir de sensation, et de me dire que le temps si long qui me restait encore à traîner dans ce terrible univers pouvait encore durer des années, des vrais, où les secondes se comptaient en milliards, les minutes en millions, les heures en billion, et les jours, les semaines, les mois, les trimestres, les anniversaires pouvaient se démultiplier en des dizaines de milliers. Des dizaines de milliers de jours à traîner ici, sans pouvoir réfléchir, sans pouvoir vivre. Et alors, en pensant à cette frayeur qui me sclérosait toute l'épiderme, je sentis une douce amertume dans l'air, bien plus effrayant alors que toutes les frayeurs que j'eus dans mon ancienne vie, quelque chose d'âpre, de dangereusement âpre qui allait, si j'y pensais, me causer une de ces dépressions dont on n'en sort jamais, cette amertume se traduisait en cette question : « peut-être ne reviendrai-je jamais à la maison ? »

Quand je rouvris les yeux, je me retrouvais dans un fleuve désincarné, froid et sombre où, malgré l'obscurité où nous étions arrivés dans cette nuit frigorifique, je pus percevoir le rivage. Je remontai vers la surface et revins aux bords car, me rendis-je compte, cela ne servait plus à rien de me tuer ainsi. Je suis resté un moment gelé par mes vêtements tandis que le soleil me brûlait la peau (c'était sûrement le soleil, oui). J'avais faim, j'avais froid mais, pour la première fois depuis des années, je souriais. La peur est quelquefois si affreuse qu'on ne peut la ressentir ; notre cerveau oublie même ce qui arrive. Je pense que c'est ce qui est arrivé ce jour-là : une éclaircie, une accalmie, un mouvement en contresens dans le tourment que je traversais[8].

---

[8] Je me rends compte que je ne peux pas vraiment me souvenir de ce que j'écris. Quand je décris ce que j'ai fait, ce n'est pas moi qui

IV

Au bout de deux semaines, je finis par contourner le mur. Mille kilomètres de brique en longueur et encore plus en hauteur, sûrement. La satisfaction qui nous arriva tout d'un coup se termina hélas par l'annihilation de ce

---

parle clairement. C'est un processus laborieux, une enquête mentale approfondie. On essaie différentes approches pour relier ce moment à cet autre moment. Je pense que si j'avais tenu un carnet de voyage, j'aurais sûrement mieux noté les choses : plus de pages, plus de mots, plus de poésie. Mais, là, je n'ai rien à part cette mémoire défaillante qui ne fait qu'emplir ces feuilles de foutaises de plus en plus folles et qui, de plus, semble déformer la réalité à travers elle. Je ne sais comment je vais pouvoir finir ce livre avant que mon cerveau ne se liquéfie complètement. Sûrement que je ne le pourrais pas. Je vais bientôt mourir, de toute façon.

(La question se pose toujours sur les raisons de cette note. Les premiers plans du chapitre n'avaient aucune indication d'un quelconque projet. Elle se trouve pourtant là. J'ai décidé de la mettre en pied de page mais sachez qu'elle était dans les marges, si bien qu'il était difficile de savoir ce qui venait du texte et ce qui venait de la note. Pourquoi l'a-t-on mise ?... À la date des divers cahiers notés, celle tout du moins où on peut supposer que la rédaction de ce passage a été ébauchée, il y est écrit ceci :

« Mon texte est bien trop lourd. Il faut que je fasse des coupes. Sinon, on ne pourra rien comprendre. »

Ce simple mot ne peut répondre à cela, mais on peut évoquer des théories. Je n'en ai pas voulu chercher.)

sentiment en lui-même car, même s'il est très satisfaisant de terminer une quête, il est aussi très ennuyeux de l'outrepasser. Thomas égayait par quelques moments cette nouvelle vague morose qui finissait par arriver tout entière en mon être, prononçant quelques mots entrecoupés par la douleur où l'on pouvait distinguer, lorsque sa respiration se faisait alors : « Regarde ! Regarde donc ! Nous allons enfin partir ! » Au fond, comme j'étais encore très empathique, je finissais inlassablement par sourire lorsqu'il exprimait ces cris de joie. J'étais vraiment heureux, je ne peux le cacher. J'oubliais même ma souffrance et mes pieds, depuis longtemps partis en lambeaux. Je sentais seulement mon cœur battre à tout rompre et mes jambes trembler de toute l'adrénaline que la médullosurrénale [9] sécrétait alors en moi. Nous courions, oubliant ainsi la peur, les angoisses, le stress, et d'un coup, nous l'avons contourné.

V

Trou sans fond, rempli d'eau noire, calme, très calme, si calme que seule la mort aurait pu y créer des vagues en s'y nageant. Du muret, une margelle seulement nous séparait d'abysses qui semblaient dès lors nous attirer dedans. On sentait l'eau croupir ici depuis la nuit des temps. Tout avait pourri ici. Et toute l'horreur qu'on pouvait y voir nous était propulsée par

---

[9] Ce n'est sûrement pas la première fois que des mots de ce genre sont prononcés dans le récit (quoique, je n'ai pas vérifié), mais il est intéressant de montrer que la dégénération des fonctions fait ressurgir le lexique scientifique du cerveau.

des effluves nauséabonds si bien que, de la mort, il était clair comme de l'eau de roche qu'il n'y avait que notre cerveau pour nous y séparer. On sentait les travers de porc aussi bien que les intestins de vaches, les corps calcinés aussi bien que ceux des noyés, les gens morts et ceux pourrissants, mais aussi – et cela, c'est ce qui me fit le plus peur – la douceur âcre d'une cave où on aurait entassé tous les secrets du monde. Cette odeur, dans sa répugnance, me charmait tout bonnement ; mais plus que tout, la curiosité me faisait entrevoir – dans cette bouillabaisse immonde, où toute la salissure, la poussière, la fermentation avaient macéré, fermenté – la curiosité, oui, me faisait entrevoir une quintessence de terrible bonheur, comme une belle rose dans un désert. Je voyais dans la rouille et le fumier l'or et la beauté. Et, l'apercevant, tout ce que je semblais y reconnaître, dans cette odeur qui aurait provoqué à tous des tempéraments catatoniques, était proche de l'évasement pur d'un parfum somptueux par la plus étrange des manières. Thomas pointa un petit bateau : une barque usée et vieillie par le temps trônait ici au bord de la margelle. Éloignée quelque peu, je ne savais que faire entre emprunter la margelle et prendre la barque ou rester sagement ici. Thomas me regarda quelques secondes : « Je ne peux pas y aller. » Je comprenais ; Thomas était encore un enfant.

   En longeant la margelle, un terrible vertige me prit soudain. De grandes sueurs froides lorsque je lorgnais en haut et observais en bas, que je regardais à gauche et voyais à droite. Tout était étendues gigantesques et absurdes, si énormes que même mes orbites semblaient y voir en ces pharaoniques monuments d'éléphantesques délires de mon imagination devenue complètement détraquée. Le mur touchait les voûtes éthérées du céleste firmament, à des altitudes qui, paraissait-il, atteignaient le soleil (si le soleil était aussi loin ici qu'ailleurs) tandis que l'abîme semblait descendre à des profondeurs, des enfers si insondables qu'il aurait fallu quatre fois faire la longueur de mes viscères et de mes vaisseaux sanguins pour y mesurer le précipice. Et des deux côtés, l'horizon se définissait tellement loin qu'on ne pouvait rien y voir si ce n'est la mer et la pourriture. Je fixais un moment Thomas mais il avait disparu : il s'était sûrement caché derrière le mur. La barque allait et venait, plus proche à chaque instant : je sentais enfin que mes mains pouvaient la saisir. Je les approchais du vaisseau, petit à petit – la barque était toute proche de mes doigts – je pouvais y sentir l'âpreté de son bois, les épines, les brûlures…

À cet instant, mes pieds glissèrent. Voici que l'eau, la stagnation des fleuves, traversait mes sinus. Un sentiment proche de l'affreux, de l'ignoble, envahit mes récepteurs olfactifs, mes papilles gustatives et la cornée de mes yeux décrivirent autour de moi, non pas un néant, mais surtout une noirceur âcre que je ne pouvais même pas comprendre tant un dégoût profond m'envahissait de toutes parts. J'étais trop lourd : mon sac que je portais depuis des années me pesait trop. Je ne pouvais pas me libérer. Il fallait que je m'en débarrasse. Mes mouvements frénétiques étaient si brusques, si saccadés que cela me prit un long instant avant que je ne l'enlève. Voilà que je perdais tout de nouveau.

Je pus me relever, nager jusqu'à la margelle tout en emportant la barque d'une de mes mains. Je m'assis quelques instants après, tenant ma barque de l'une, essayant de m'enlever la crasse de l'autre. Je réfléchis quelques instants au nauséabond dont j'étais littéralement imprégné, puis pâle par cette idée atroce d'être devenu horrible, j'arrêtai de me mettre sur mon séant et fit glisser la barque le long de la margelle de ma main gauche avec une expression dégoûtée. L'homme révolté dans toute sa médiocre splendeur.

VI

La margelle m'avait fait oublier les pierres tranchantes sur lesquelles mes pieds s'étaient tous si bien ouverts que le sang avait imprégné chacun des galets ardents qui bordaient la mer.

Je me mis à transporter la barque, la galère (*que sais-je encore*...) la tirant, la poussant, avec toujours cette triste souffrance qui alors, s'animait de plus en plus profondément au fond de la plante de mes pieds, me torturant juste avant la délicate euphorie qu'aurait alors représenté cette traversée en bateau. Thomas ne semblait pas m'aider : il m'observait. J'aurais bien voulu lui demander du secours ; mais Thomas aurait-il eu assez de cran pour porter ce navire avec moi ? Enfin, je pus mettre la barque à l'eau ; tremblant tout d'abord sur la surface des flots, divaguant quelquefois sur le bord encore semé des cailloux, la barque se mit ensuite à tanguer, puis à se stabiliser sur la terre. Nous embarquions enfin !

L'une des plus belles compositions que je ne pus voir, ce fut bien ce fleuve. Voilà la splendeur que nous trouvions dans l'appauvrissement d'un monde en désolation ; splendeur qui arrivait, entre ces paysages funestes, à nous égayer un peu. Je pus enfin voir le mur dans toute sa hauteur : elle n'était pas si grande : seulement quelques milliers de mètres en altitude. Thomas n'arrêtait pas de crier à tout bout de champ : « Nous allons y arriver ! » Moi aussi au fond, je criais.

Tandis que je lavais mes pieds tout en ramant par la même occasion – le tapis qui aurait pu nous aider à cette tâche s'étant fait emporter par l'abîme noir, nous ne pouvions que nous astreindre à ce genre d'énergie motrice – j'élucubrais sur les différentes rencontres que nous aurions pu engendrer en arrivant au bord : ainsi je fantasmais déjà sur des civilisations hors du commun avec lesquelles nous pourrions entretenir des amitiés avant que je ne les tue, ou sur quelques familles, quelques chercheurs qui, enfermés ici, tel le forçat dans son bagne, auraient imaginé plans ingénieux pour limer les barreaux, creuser les trous et rejoindre ce mot si doux de *liberté*. Je rêvassais calmement et, je crois, cela fut le seul moment de pur bonheur que j'eus durant toutes les années (cela doit se compter en milliers peut-être, en centaines sûrement) durant lesquelles je dus vivre dans cet enfer sans nom. Enfin, en un mot : je *mourrais* d'envie d'enfin aborder cette ville.

VII

Je crois que ce fut à quinze lieues du pont que j'eus enfin les prémices d'un doute profond qui, dès lors, obscurcit mes projets d'avenir, voila ceux-ci d'une migraine au moins, et nous anima de tourments ineffables. Je niais ces doutes et, plongés dans un coin de mon esprit, ces obscurcissements se tassaient là ; et dès lors, je commençais à exacerber encore ces fantasmes comme par un effet de contradiction ; car, ai-je remarqué depuis lors, l'espoir se présente toujours le plus aux désespérés lorsque rien, même pas Dieu ni le Saint-Esprit, n'a pu empêcher ces monuments sombres et arrogants, grands édifices qu'ont construits les hommes de leur propre main, brique par brique, qu'on appelle simultanément : « désillusions » et « malheurs » ; et qui, dans toutes leurs grandeurs, comme ces labyrinthes bureaucratiques que les civilisations ont dû inventer pour faire perdre à l'homme son identité et le faire devenir automate, sont des écueils à ces optimistes pleins de rêves et de projets pour l'avenir. L'espoir ! Quel beau mot sans sens ! aussi abstrait que « paix » ! aussi rêveur que « idéal », l'espoir est surtout teinté de l'amer du mot : « duperie ». Pourtant, il sonne clair comme du cristal. *Espoir*... N'est-ce pas avec ce grand *Espoir* que les gens ont rêvé ? Avec ce mot, ce mot en travers de la bouche que les civilisations sont nées ? N'est-ce pas en voyant le soleil, la mer, le coucher, les nues magnifiques qu'alors, l'espoir a veillé au progrès ? N'est-ce pas cette seule lueur qui donna aux premières vies, nées dans cette eau croupie des anciens temps, ce semblant de vivacité qui transforma la *chose* en l'*être* ?

      L'espoir de vivre, de connaître la joie, le bonheur peut-être... Sans ce mot suprême, aucune vie n'est possible. Dominés que nous sommes par ce sentiment obscur, qui, souvent d'ailleurs, n'existe plus (l'espoir est mort il y a bien longtemps, plongé dans les ramifications de quelques guerres puériles entre nations belliqueuses), nous sommes pourtant emplis de ce sentiment lorsqu'on ne peut qu'y penser, plongés que nous sommes quelquefois dans des torpeurs innommables, comparables au grand vide de quelques puits sans fond ; car, sinon, nous ne ferions qu'attendre inlassablement que la mort nous fasse pourrir la chair, oxyder la moelle des os, scléroser les muscles et gangrener la peau. L'espoir, cela, c'est la graine de l'Existence. L'espoir de quelque plénitude, de quelque prospérité, de quelque bonheur avant que l'ennui ne guette ceci : c'est cet espoir qui font que les arbres récoltent leur sève, que les pommes mûrissent, que les arachnides et les gastéropodes, les mammifères et les poissons au lieu d'attendre béatement qu'un esprit malin les délivre de la Terre avant que le Ciel ne leur tombe sur la tête, vont chasser pour se nourrir et continuer ce grand cycle de la vie qui va de la plante à l'insecte, de l'insecte à la bête, de la bête à l'homme et des pourritures de l'homme à la plante.

Hélas, l'espoir se transforme vite en son cousin éloigné, Némésis qui va d'esprit à esprit en y parsemant ce songe si terrible : *Désespoir !* Et plus je voyais la côte, plus je sentais l'étau de celui-ci se resserrer vers nous.

Nous étions arrivés au crépuscule ; si fatigués étions-nous que nous aurions pu dormir à même la barque si le froid ne nous avait pas frigorifiés. En faisant quelque tour de repérage après être descendus, à la recherche d'espoir et d'autres, des feux d'artifice se projetèrent dans la voûte du crépuscule. J'avais souri un moment, puis, lorsque j'avais vu la source de ces grands spectacles, j'avais fini par estomper mon expression.

C'était de nulle part que les volutes luminescentes étaient propulsées loin dans le ciel. De l'abîme que semblaient même venir ces grandes arabesques, cette nuit-là (des étoiles, déchaînées dans des cris assourdissants et des couleurs si vives que ma rétine dut s'habituer à la clarté de ces spectacles, de ce tourbillon kaléidoscopique de sons et de lumières, avant de s'éteindre sans bruit). L'abrupt de la situation me fit encore espérer quelques signes de vie ; mais il fallait se rendre à l'évidence : cet univers m'avait encore berné et j'étais *seul, terriblement seul*. Et ces feux, si beaux qu'ils parussent être, étaient au fond comme tout ce que j'avais connu ici : des artifices. Peut-être même n'existaient-ils, encore une hallucination de mon esprit dément. « Allons dormir. », me dit Thomas.

  J'espérais en ce moment au moins quelque confort dans les maisons et les immeubles que nous avions vu au loin. Mais, là aussi, ce n'était que jeux : des images faites en cartons-pâtes grandeur nature, mais qui, dès lors, nous mîmes dans une colère noire, si noire et si forte que je dus me résoudre au désespoir le plus fatal. En longeant le port qui parsemait toute la côte de la ville, nous avons tout de même trouvé une masure qui, hélas, était si craquelée de toute part, si trouée d'autre part, que même ma tente aurait fait un meilleur habitat (*Abysses de malheur ! Ne cesseras-tu donc pas de nous mortifier !*). Il fallait se restreindre à cela néanmoins et, avec comme couverture de fortune quelques bouts de cartons arrachés çà et là sur les maisons et les gratte-ciels, nous nous mîmes à nous emmitoufler dans ce lit rustique : Thomas put dormir au bout de deux minutes tandis que moi, comme d'habitude, je ne le pus. Je me levais et m'asseyais au lieu de ça près de la galère. Je regardais la mer grise et morne et le ciel, noir de tous les côtés ; et dès lors je soupirais. Je songeais un instant, tandis que surgissait une impression que tout se décomposait sur place, que je devais peut-être m'abstraire de mon ancienne vie et trouver de la plénitude dans ce monde, même y trouver un nouveau chez-soi. Les paroles de Thomas me revinrent durant cette longue nuit : « nous sommes mieux ici qu'ailleurs… » N'était-ce pas vrai au fond ? Dans cette vie, plus de monde bureaucratique, plus de guerre ni de famine, plus de conflit d'idée entre hommes têtus, plus de question stupide sur quelque religion sacrée, il n'y avait que l'essentiel, matérialisé par ces paysages arides où nous pouvions gaiement nous promener. Et tandis que je commençais enfin à m'assoupir, que mes yeux commençaient à se fermer, que je commençais à me posais cette question terrible et sourde, me transperçant comme une maladie maligne, j'ai fini par pleurer comme un enfant.

La voiture

I

Le lendemain, sur le plancher pourri, je finis par me réveiller ; autour de moi des murs sales où l'on percevait ces effluves de pourritures et, en dehors, une odeur maussade dans l'air : il y avait un toit de nuage au ciel. Je regardai Thomas dormir quelque temps puis, je finis par partir : je détestais me coucher dans la ruine.

L'air froid me glaçant le dos de toute part semblait napper le silence qui se répercutait dans l'horizon, de la grande muraille à cette mer désincarnée, à cette ville déserte, seulement gênée par le remous de l'eau et les sons sourds des stratus. Je me rendis compte alors : ce monde était stérile. Il n'y avait plus le pépiement matinal des oiseaux, ni le chant des cigales, ni la rosée du matin ; il n'y avait que la physique de l'eau et le ciel empli de nuages. La stérilité pure d'un laboratoire où on me regardait à chaque instant.

Je me dirigeai ensuite vers les cartonnages, espérant encore croiser quelque personnage que je pourrais rencontrer ; mais il n'y avait rien, je le savais. Le silence m'a plus qu'assailli ici. Loin de tout (même du vent). De toute vie, de toute chose, perdu dans le désert du monde, dans l'amertume de l'envie, j'eus vraiment l'impression que, détruit de toutes parts par cette corrosion viscérale de mon âme, je n'étais plus humain. Je n'étais plus un homme. Je n'étais qu'une bête. Une bête qu'on aurait écartée du troupeau, qu'on aurait enfermée dans sa propre cage à part des hommes, à part de tout, plongée dans un abîme profond du soir, dans la fosse de désespoir.

À cet instant, Thomas est apparu dans un dédale, en disant : « Allons-y, je n'en peux plus de cette ville, nous ferions mieux de partir. » Il avait un étrange frisson en voyant les toits. Comme s'il se remémorait à cause de ces images, des souvenirs lugubres, des squelettes qu'il avait entassés là et que ces grands cartons ne faisaient que remettre à jour. En regardant bien cette ville, j'avais la véritable impression de la connaître moi-même. Comme sortant de lointains et brumeux souvenirs, revenant du gouffre envahir et tourmenter mon existence.

Mais, je le voyais bien à présent, tout était faux. Tout n'était qu'invention, que fabulation.

II

Il serait assez ennuyeux de détailler les diverses pérégrinations que j'entrepris dans cette ville. J'essaierais d'être le plus concis possible pour que vous ne vous endormiez pas – bien qu'il est certain que nombreux qui ont commencé ce roman se sont déjà arrêté avant même que j'eusse pu écrire cette phrase, pardon de mon ennui. Si vous le voulez, la vie s'était arrêtée le jour où j'avais compris que je ne pouvais plus retrouver mon *chez-soi*. Ici, c'est l'espoir qui s'est évanoui. En décrivant le périmètre de la ville avec mes sabots usés jusqu'à la moelle, je me rendais bien compte d'à quel point, dans l'immensité, tout était si immobile, si identique, comme une photocopie d'une photocopie d'une photocopie d'une photocopie que, quoique quelquefois, je percevais encore quelques frissons me parcourant la peau à cause de quelque mistral qui me traversaient le dos, je ne ressentais strictement rien sinon une vaste mélancolie, une grande tristesse, émotions purement et simplement nulles. Ainsi, même mon Moi semblait n'être plus qu'une coquille vide de vie, vide de tout, déambulant sans raison à travers quelques paysages sans âme qui vive. Je m'asseyais, essayant de comprendre d'où je venais, qui j'étais et où j'allais. Le fond allait dans le même espace que le premier plan, les choses se confondaient, les perspectives s'aplatissaient, les protozoaires devenaient grandeurs et les monuments devenaient bagatelles au ras des pâquerettes.

Thomas, un instant, voulut examiner tous les bâtiments : alors, je les fis choir par les socles qui supportaient leurs images : tous furent par terre. Il fallait un peu de force, mais j'en avais encore, paraissait-il. Cela me prit je crois quelques jours avant que je ne pus tout débarrasser de la hauteur : ainsi, on pouvait voir dans toute sa démesure le muret, grande immensité dans le champ de vision qui surmontait la mer et les rives de tous les côtés. Mais aussi, on pouvait mieux admirer à quoi ressemblait la plaine dans laquelle tous les bâtiments avaient été fabriqués : terre bétonnée, pas de goudron, juste du béton ; un béton dur comme du fer où nous n'aurions jamais pu creuser un seul trou.

Lorsqu'on voyait la plaine, je m'en souviens très bien, on se sentait mal à l'aise ; un vertige ineffable nous prenait sourdement, comme lorsqu'on sentait la masse énorme, gargantuesque, de quelque grand champ à perte de vue, semblant vous regarder, vous pointant du doigt à cause de votre petitesse. Mais, ce qui s'accumulait à ceci, c'est que lorsqu'on examinait de près les touffes d'herbes qui parsemaient la terre, on le sentait très bien, il n'y avait rien, rien du tout qui put être réel dans le brin d'herbe que l'on examinait. Ce n'étaient que foutaises ; je ne sais comment le dire car, voilà, on ne peut pas décrire l'inconcevable ce qui, je le sais, vous sera redondant : hélas, la langue humaine est si mal organisée qu'il existera toujours des mots qu'on ne pourra prononcer, tellement affreux qu'à sa simple diction, on s'y fourcherait la langue, et qui pourtant, nous est indispensables si nous voulons voyager dans quelques confins métaphysiques et interdimensionnels. Ah ! Que l'existence humaine est dysfonctionnelle ! Que la science – ô grande science ! – ne sait rien ! Je me rendis compte en regardant le brin d'herbe de ce monde que l'homme ne sait même pas comment la vie, la nature est née. Sans Dieu, pas de réponse. Nous n'avons rien. Le début du monde, de la Voie lactée, du premier microcosme, de la première vie, nous n'avons le pourquoi du comment. Comment de l'eau et de la Terre ont pu former une existence ? Et comment cette existence a pu muter en ces êtres filiformes, intelligents et dominants que nous sommes, humains dépourvus de vraies réponses aux questions les plus simples : quel est le sens de la vie ? quelle sera la fin du monde ? pourquoi l'humain a cinq doigts, pourquoi l'humain n'a pas de carapace ? pourquoi l'humain est-il plus intelligent que la bête ? Nous n'avons jamais de réponses, que des questions irrésolues et insolubles auxquelles jamais, même cent, même dix mille, même des milliards et des milliards d'années plus tard, nous ne pourrons répondre, coincés tous que nous sommes, pauvres pêcheurs, dans la futilité de la vie, dans un endoctrinement spatio-temporel où la mort, chaque jour, pèse sur nous, sur nos proches, sur nos têtes, et où jamais, à travers notre vie, nous ne pourrons tout lire, tout savoir, tout connaître de notre existence si courte et si fade quelquefois.

    En pensant ainsi à la mort, je ne pus que me poser cette ultime affirmation : « Je vais périr ici. » En songeant à ce destin funeste, funèbre prévision de mon avenir si certain, je sentais encore le vertige de cette contemplation où, perdu à travers tout le tas de monde boueux où je m'étais enseveli, je commençais à questionner l'inquestionnable. L'immensité d'un monde bien trop grand pour nous, n'était-ce pas ça ce que je comprenais dorénavant ? Il aurait fallu que j'eusse un monde bien moins grand, une planète où j'aurais pu faire quatre fois le tour du monde en quarante minutes. Mais ici, le monde était bien trop grand, bien trop gigantesque pour que j'eusse même fait le tour du monde en huit cent quarante six mille sept cent quarante huit ans.

Dans la dépression où je commençais à périr, je continuais à regarder l'horizon vert de cette plaine sans fin. Peut-être, au fond de ce monde, y avait-il un reste de civilisation ? Quelque chose qui put même m'aiguiller dans le monde ? Me faire revenir dans mon ancienne vie ?

J'aurais bien voulu réfléchir à toutes ces questions, singer encore ces philosophiques scribouillardises dans mes songes et mes fieffées hallucinantes arabesques mentales, mais Thomas alors me criait de venir : il semblait avoir trouvé quelque chose dans la plaine. Thomas me mena à un de ces sentiers sinueux, ligne de désir comme la nature humaine sait en faire, puis, sans même que j'eus traversé cette terre semée de cailloux, je discernai, entre le brouillard et la crasse de quelques fêlures de boue sèche, une voiture rongée par la mort. Thomas s'écria : « Tu vois ? Nous pourrons enfin partir ! N'est-ce pas génial ? »

Je sentis un sentiment viscéral m'envahir, si bien que je pensais presque que tous ces décors – de la plage de cailloux, de la ville à la forêt, à ces lieux où l'on pouvait sentir, dans tous ces dédales mortifiants, cette odeur de putréfaction profonde distillée à la vue et au nez de nos capillaires sensitifs – n'auraient pas pu me provoquer un malaise si indigeste dans mes tripes (je disais souvent que les rêves, c'était le mélange profond entre nos fantasmes et ce qu'on faisait hier. Maman me disait tout le temps ça et elle chuchotait à chaque fois après : *Donc si tu ne veux pas avoir de cauchemars, conduis-toi bien et tout se passera bien* (peut-être que j'ai dû un peu trop mal me comporter pour atterrir ici). Souvent, je dois le dire, c'est le cas. La mémoire et les désirs se confondent et créent ces spectacles de sons et d'images... Mais, ce qu'on oublie souvent, que j'oublie parfois en tout cas, c'est qu'il y a d'autres *rêves*. Des rêves tellement étranges et aléatoires qu'ils changent au cours d'un instant la vision du monde. Des rêves qui nous montrent des images si belles, si folles, hallucinations de sensations floues, si floues et pourtant si mémorables que lorsqu'on se remémore ces spectacles psychotropes, nous nous sentons l'envie irrémédiable de l'écrire, ou d'au moins le coucher sous papier. Mon cerveau crée souvent ce genre d'images lorsque je rêve des représentations du Kremlin ou du Taj Mahal, et que j'y pénètre bien que je ne fusse jamais aller en Russie ni en Inde et bien que je ne pusse jamais pénétrer en dedans de ces monuments fascinants. Mon cerveau se met alors à l'abandon dans ce qu'il ne peut comprendre, essaie donc d'opérer du mieux qu'il peut et me retransmet tous des ardeurs de mes songes, conglomérat de sons et d'images enivrants que je ne peux même décrire. C'est ça Rêver. Ces rêves sont si incroyablement denses qu'on dirait, lorsqu'on se réveille, qu'on y a passé des années et des années dedans. Pendant que je discernais la voiture, je croyais pour la première fois Rêver depuis que j'étais entré dans cette forêt, Rêver, au pire sens du terme). Un sentiment étrange me prenait donc en examinant cette voiture. J'eus l'impression qu'à la vision de cette automobile, tout pouvait se produire. Que ce genre de rêve où j'avais commencé à m'immiscer n'était pas un fantasme mais une réalité qui m'arrivait droit devant moi comme si un train me percutait de pleins fouets à quatre mille cinq cent dix sept kilomètres à l'heure, car, je dois enfin l'avouer, se trouvait distinctement, devant mes yeux, la voiture de mes parents, celle qui avait disparu il y avait vingt ans. Sûrement que vous ne pouvez comprendre la machination cérébrale que j'eus lorsque je la vis, l'électrochoc mental qui s'abattit sur moi à la puissance de cinq cent soixante dix neuf mille cinq cent quarante deux volts ; mais, je vous l'assure en connaissance de cause, le coup de gourdin qui m'atomisa fut l'une de plus grandes claques de ma vie, m'embrasant de toute la crédulité que j'avais pu emmagasiner durant la courte vie que j'eus avant d'échouer en ce monde, en la pulvérisant, la dissolvant comme du papier dans un bain d'acide. Thomas me regarda longuement durant ce temps ; je ne savais pas s'il comprenait mon émotion. Il remarqua tout de même mon incompréhension et sembla se raidir un peu. « Allons, monte... — C'est exactement la même, la même que celle de mes parents. » Thomas n'osa pas commenter avant quelques minutes où nous restâmes debout et complètement sous le choc. « Tu sais... cette ville, elle ressemblait à celle que j'habitais. Les mêmes vies plates que nous avions tous en haut de nos gratte-ciel... et, il y avait le rivage qui était en face, exactement la même... — Moi aussi, j'ai l'impression de me souvenir. — Non, tout n'est qu'un rêve pour toi. Tu as toujours vécu ici, dans le village, non ? — Oui... Mais quelquefois... — De toute façon, ce n'est pas en parlant qu'on avancera ; viens, montons. »

Nous pouvions certes monter, mais nous ne pouvions pas mettre le contact. « Comment on va... — Ils gardaient toujours une clé de secours sous la voiture. *Au cas où.* Il fallait ouvrir un cadenas sous le pare-chocs et on avait le double... Le code, ça devait être deux trois zéro quatre. » Thomas est allé voir sous le pare-chocs, il a remarqué la petite boîte ; il a remarqué le petit cadenas rouillé à quatre chiffres ; il a tapé les quatre chiffres dans l'ordre : deux trois zéro quatre ; elle s'est déverrouillée ; il n'y avait rien hélas. « Comment on va faire ! On ne va pas rester ici ! — Réfléchis... Réfléchis... » Je parlais plus à moi qu'à lui. En fait, je ne savais vraiment pas comment faire. Je sentais cette clé, là, tout près. Mais, « tout près » est très vague et, me disais-je alors, il pouvait être aussi bien dans la ville, sous un des cartons, que sur la plage de galets en face, ou même dans le puits ou dans l'eau croupie derrière le mur, enterrée sous quelques tas au fond...

Nous avons fouillé durant des centaines d'heures où pouvait être cette clé de voiture. Mangeant pour nous sustenter quelques morceaux de cartons dans la ville, remplissant notre ventre de papier, et fouillant ensuite la moindre parcelle d'herbe à la recherche de quelques étincelles métalliques nous parcourant la rétine. Nous sommes restés ici cinq ou six jours je crois, dormant soit à la belle étoile (façon de parler), soit endormis sous nos bouts de cartons vers la masure. Des jours où la dépression reprenait dangereusement le dessus sur moi. L'eau âpre nous mirait, emportant ces vagues odeurs moites sur nos sinus, nous emportant dans le silence de la mer où rien ni personne ne pouvait parler, si ce n'est ces remous énervants du rivage sur la côte. Et nous nous disions alors, chaque seconde de chaque minute de chaque heure de chaque journée que la clé *n'était pas bien loin* sauf que concrètement, la clé n'était au fond qu'un fantasme, fabulation que nous étions certains d'avoir car *pourquoi n'y aurait-il donc pas de clé à côté d'une voiture* ? Solution hypothétique où nous courrions sans avoir de preuves de sa véridiction, nous aurions pu devenir forçat de cette tâche, écumant chaque brin d'herbe, chaque grain de poussière, chaque interstice de gravats à la recherche de cette clé. Nous aurions pu retourner à la rive de galets, cherchant sous toutes les pierres des centaines de kilomètres du rivage l'étincelle majestueuse d'une ferraille emportée par la mer. Nous aurions pu fouiller sous l'eau, descendre presque à y mourir, voir ce néant pour y déceler l'objet de nos tourments. J'en cauchemardais de cette éventualité. Je pensais à nous, des centaines de milliers de milliards d'années plus tard, devenus complètement séniles, ayant retourné tous les rochers possibles pour enfin retrouver la clé, en examinant enfin une ultime fois un rocher. Je pensais à nous pleurant de joie, de tristesse, d'amertume, de regret et criant à tue-tête, comme des bêtes, des sauvages.

  Finalement j'ai arrêté de penser à ça et j'ai décidé de remonter le fil de nos conclusions, essayant enfin d'user un peu de ma matière grise pour résoudre l'énigme où nous étions focalisés depuis bien trop longtemps. Je refouillais ainsi tout ce qui n'avait pas été examiné : cette masure, cette voiture, cette ville, puis enfin ce sac, ce fameux sac, le seul donc que nous ayons, le sac de Thomas.

  Elle était tout simplement là, cette clé... Je l'avais même déjà vue, coincée dans le casse-tête.

III

Quand Thomas apprit cela, il me regarda un instant, un grand instant où mes yeux et ses yeux se confondirent dans la surprise puis le mépris ; ensuite, il essaya d'entreprendre toute sorte de manœuvres pour résoudre ce casse-tête. Peut-être savait-il déjà ce que je pensais de lui ; peut-être que non. En tout cas, il savait dorénavant que, quoi qu'il fît, je le regardais mal. Thomas ayant cette clé n'était plus un ami. Dans le cas où la clé ne rentrerait pas, c'était un diseur de bonne aventure qui nous gâchait du temps avec ces maudits faux espoirs ; mais si cette clé rentrait dans la voiture… Thomas n'était pas un ami, c'était un de ces êtres cosmiques, venus d'on ne sait où nous écraser, sachant plus de choses que nous. Thomas, cet enfant, ce grand enfant dont j'avais cru l'intelligence médiocre savait donc plus que moi ? Savait des choses de mon passé ? Savait ce qui arrivait donc ? Non… Non… Comment déjà le savait-il ? Qui le lui avait ordonné, qui le lui avait susurré à l'oreille avant notre départ : *emmène donc une clé avec toi* ? Personne, personne ni moi ni d'autres, d'ailleurs car cela faisait bien trop longtemps que personne, ni à moi ni à lui, ne nous parlait. Non, c'était juste comprendre l'incompréhensible. Comprendre le rien, le faux. Le fait que les gens peuvent marcher sur le ventre, que les multiplications calculatoires ne sont pas cohérentes entre elles, que la vraisemblance organostannique[10] fait que les cochons peuvent voler, que la pomme nous est supérieure mentalement pris sous un angle bien précis. Qui était donc Thomas, cet être

---

[10] Cela ne veut absolument rien dire.

sachant peut-être même plus de choses que Dieu en ce monde ?... Il ne fallait pas y penser...

Il l'a résolu au bout de deux jours, dans un silence de plomb.

Nous n'avons même pas parlé lui et moi car, tout d'un coup, ma détestation s'exacerbait sur Thomas sans que hélas, je ne puisse agir, m'enfonçant dans des spectres de l'âme humaine encore insoupçonnés pour ce faire. L'envie de le tuer s'interposait constamment entre la raison et le désir. Oui, il fallait que je tue Thomas, sinon, quoi qu'il eût fait, il m'aurait trahi : c'était une vérité. Peut-être que son savoir nous nuirait à tous ; à cet instant alors, j'ai vu à quel point cet être machiavélique, amené de Belzébuth en personne, était malsain et menteur ; je me rappelais les cris et les pleurs qu'il lâchait les premiers jours, cette façon maussade, timide, qu'il avait donc imitée sur l'humain. Ce regard qu'il avait dû mimer. Ce regard qu'il faisait lorsqu'il me fixait, jouant aux cartes. Ah ! Tout était là ! Sous mes yeux et je n'avais rien, rien, rien vu !
Lorsqu'il sortit la clé par un moyen dont je ne compris même pas la logique, il l'introduisit dans la serrure ; nous attendîmes un ultime instant, et il mit le contact. Bien sûr, après le premier vrombissement, Thomas sourit ; j'aurais peut-être pu émettre encore ce genre d'expression tout empathique, imitation de geste à geste, d'émotion à émotion dans un univers où ma boîte crânienne ne se faisait pas grignoter par des larves et des insectes ; mais je ne le voulus pas : je ne fis que sentir ma colère, ma haine, tout ce qui m'habitait en somme,

froncer mes sourcils et faire une de ces moues qu'on remarque près des hommes jaloux : ne voyez pas un homme jaloux, s'il vous plaît, voyez un homme effrayé par la trahison suprême d'un de ces amis les plus proches. « Partons. »

IV

Sur une route semblable à ces nationales sans fin, nous nous aventurâmes sans trop de peur : il y avait dans le réservoir disait-on, cinq cent soixante seize kilolitres d'essence pure ; cela devait donc aller, pensais-je, pour trouver une issue.

Je ne parlais presque plus avec Thomas ; un lien unique s'était brisé entre nous. Seul Thomas essayait d'interagir quelquefois, en dépit de mon silence de plomb. Nous roulâmes des heures et des heures, sans que le décor ne changeât. Des centaines de milliards d'hectares semblaient nous environner et cela était si irritant que j'hésitais un jour à vouloir brûler la plaine dans les flammes ; je me rendis compte ce jour-là que ça ne servait à rien : l'herbe ne serait changée que par le charbon. L'*être* deviendrait *chose*.

Vers le crépuscule, où un amer turquoise semblait joncher les nues, je reconnus un objet pourri dans l'herbe assombrie. J'arrêtai le contact. Et je sortais de la voiture quelque temps plus tard. Je sentais les yeux de Thomas se poser sur moi.

Sur la pelouse, trônait une peluche qu'au bout d'un instant, malgré la mémoire vacillante, je reconnus. C'était un ancien souvenir, une peluche de mon enfance. Elle était là, vieille, noircie par le temps et le charbon.

Je le pris et montai dans la voiture ensuite. Thomas me demanda donc : « Pourquoi as-tu ton doudou ? — Comment tu sais que c'est ma peluche ? — À qui aurait-elle appartenu sinon ? » Thomas *savait*, j'en étais sûr. Je ne dis rien sur ça. Il continua, ce qui m'énerva plus qu'autre chose : « Et pourquoi tu l'as prise ? » continua-t-il. Je répondis néanmoins, peut-être pour alléger ma colère de quelque mot vulgaire que je lui aurais prononcé et qui « n'aurait servi à rien » comme aurait dit ce sournois de Thomas : « J'avais cette peluche, oui, quand j'étais jeune. Je l'ai abandonnée il y a maintes années dans le grenier. Un jour, j'ai essayé de la retrouver, mais elle avait disparu... — Et comment s'appelait-elle ? — Dada... Oui, ça doit être Dada... » Il ne dit plus rien après, sûrement à cause de mon ton bien trop rêche pour son petit cœur bien trop fragile.

Dada m'inspirait un bien plus grand sentiment. Dada, c'était mon enfance, c'était mon ami. C'était la douceur d'un coton qui m'appartenait, que je dominais, qui n'était seulement qu'à moi, et qu'il fallait chérir au plus haut point. Mes parents ne l'ont jamais aimé. Dada était poussiéreux, sale, et rempli de vilaines odeurs ; c'est d'ailleurs pour ça que je le cajolais autant, car ces odeurs m'appartenaient. Pour lui, il fallait faire à manger. Il fallait le récupérer à l'école quand je l'oubliais sous peine de mes pleurs. C'était comme ça : quand il n'était pas là, je pleurais. Et maman devait revenir, une heure plus tard, tenant Dada d'une main, sanglotant presque à cause de moi. J'avais bien peur de lui maintenant, je dois l'avouer.

La nuit tomba ; il faisait terriblement noir. Plus même qu'auparavant. Il semblait que sans Lune, avec ces plaines rases à perte de vue, le soir inondait de son obscurité toute chose ici. Nous avons fouillé dans le coffre de la voiture : il y avait là des allume-feux, du charbon, tout le nécessaire de camping et de la viande. Nous allumâmes un feu, cuisîmes la nourriture et la mangeâmes. Il n'y avait d'autre lumière que ce feu, que cette brillance : aucun astre, aucun bec-de-gaz, aucune ampoule ne scintillait à l'horizon, si bien qu'entre la terre et le ciel, il n'y avait pareillement aucune différence. Nous étions immergés dans le néant profond. Il n'y avait peut-être que le doux bruissement du vent, si frigide hélas, pour nous provoquer encore une ébauche de sensation. Le feu seul reflétait sa luminescence sur la pelouse de ces terrains vides ; et dès lors cet horizon noir, je ne le cache pas, me provoquait, durant la nuit, des terreurs sans nom, et je songeais alors à l'époque où nous campions dans la forêt, une époque où le feu se reflétait aussi bien sur les feuilles que sur les brindilles, une époque où il était facile à Thomas et à moi de séparer la plaine des cieux et le terrain des astres ; tandis qu'ici, nous étions las, nous étions, sans que nous sachions que faire, nous étions, je le répète, ensevelis dans le froid et le soir, dans le jais et la cendre, impuissants et terrorisés.

  Thomas proposa un instant que l'on se racontât des histoires d'horreur comme « au bon vieux temps »... Je ne répondis même pas à sa demande ; je ne sais franchement pas aujourd'hui pourquoi j'ai refusé. Sûrement à cause de notre brouille avec la clé, qui faisait que je ne lui parlais pas... Mais peut-être y avait-il autre chose, une terreur, un sentiment, un dégoût pour que je ne voulusse pas entendre ces histoires...[11] N'y avait-il

---

[11] Il est alors très intéressant de repérer la façon étrange que le narrateur a de parler des anciennes histoires de Thomas, en qualifiant même que ce fut d'un « bon vieux temps ». Cela pourrait peut-être aiguiller la théorie de la corrosion du

peut-être plus ce frisson enfantin que nous avions à l'époque ? Ce frisson imaginaire, je parle, où, dans l'âpreté de la terre, dans la rudesse des pierres et la chaleur du feu, de cette odeur boisée, fulminante, nous pouvions nous narrer les plus ignobles romans, repartir dormir, se réveiller, randonner, partir de la forêt sans que ces histoires ne produisissent quelque ignominie par la suite ; alors qu'ici, vulnérables que nous étions, il nous était intolérable d'entendre ce genre d'histoire. Nous n'avions pas de *chez nous*, nous n'avions pas de maison, plus d'endroits où nous réfugier. Et en les racontant, il aurait fallu combattre la terreur, en plus de la solitude, corps et âme, celle qui sévissait toujours en nos âmes au moment où nous nous y attendions le moins.

    Songeant dans la voiture, tandis que par la vitre, l'image d'un noir profond m'emplissait d'une lassitude, d'une peur et d'une envie intolérable de sécurité, je me mis à bifurquer dans mes pensées à des mélopées et des songes obscurs, qui, comme de grandes vagues, se fracassaient sur moi ; ainsi je réfléchissais : la vérité nuisait-il donc au faux ? Ou était-ce le faux qui nuisait à la vérité ? Qu'est-ce que cette fine couche qui sépare le faux que je puis dire du vrai que je pense faire ? Rien ne veut rien dire. Rien n'a véritablement de sens lorsqu'on y pense ? Qu'est-ce donc que la vie ? Qu'est-ce donc que vivre ? Qu'est-ce donc que Dieu ? Qu'est-ce donc que le monde ? Qu'est-ce donc que l'eau ? Qu'est-ce donc que

---

souvenir, émettant que la mémoire et le phrasé du narrateur commence à se désagréger dès la deuxième partie. Mais bien sûr, la vérité est sûrement qu'un bout manque au récit pouvant nous faire comprendre pourquoi le narrateur parle de "plusieurs histoires" alors que vraisemblablement, Thomas n'a raconté qu'un seul conte...

la joie ou la peur ? Cela ne veut rien dire. Rien. Eussiez-vous donc tenté l'expérience de décrire ce que cela est, vous n'utiliserez que des mots encore moins intelligibles.

La démence commençait à envahir le lobe pariétal, me disais-je, mais peut-être était-ce aussi à cause de la voiture – satanée voiture qui me produisait des migraines jusqu'à la plante de mes pieds – que je songeais à ces élucubrations abracadabrantesques. Était-ce à cause de cela aussi ? à cause de ce souvenir revenu de l'enfer, que ma pensée me provoquait ces sensations de vie tragi-comique ; et que mon cervelet, semblait, degré par degré, se tourner vers un absurdisme complet, total. Le fait est que je pensais beaucoup à ces idées, et que j'y pensais peut-être trop. Mais au final, dès que je me suis réveillé, une migraine en plus, et que je suis allé courir rejoindre Thomas qui décrivait quelques cercles au loin dans la plaine, inspectant quelque chose que je ne sus jamais vraiment percevoir, je finis par ne plus repenser à cette nuit durant les vingt ans qui suivirent.

V

Le reste des années qui se sont passées a semblé, *a posteriori,* n'être rien dans l'infinité. Il est certain que peu de gens connaissent ce goût âpre du vide, du vrai vide, celui où même le feu crépitant et l'amertume constante de quelque néant total se font ressentir au fil des mois et des années qui s'écoulent, nous pesant, nous tourmentant, nous rendant heureux quelquefois par des névroses, et neurasthénique quelque temps par des paralysies de la face, et de l'émotion. Quels que soient ces moments, heureux ou malheureux, je dois le dire, je n'ai fait que détester de plus en plus Thomas. Je souriais à cause de lui de temps en temps, il est vrai ; même j'osais lui adresser une parole ou deux durant un jour où mon humeur allait « bien » dirons-nous – car je n'ai jamais été heureux ni de bonne humeur durant toutes les années où nous fûmes dans cette plaine – mais jamais, je ne l'ai aimé. Thomas était devenu un traître ou tout du moins, un ennemi, un être supérieur à moi et que je jalousais comme jamais je n'ai jalousé quelqu'un. Le joug que je lui infligeais, jugeant chaque jour même jusqu'à ses moindres gestes, jamais, j'en suis sûr, n'a été plus pesant que lorsque le silence se faisait dans la plaine. Sans bête, sans vie qu'étaient ces zones qu'on traversait. Ni âme qui vive ni âme qui meurt. Il n'y avait rien. Juste nous, le rugissement – cahoteux rugissement d'ailleurs – qui parsemait, distillait, quelles que soient les circonstances, son doux son, seul son, parmi la plaine sans que jamais vous n'eussiez entendu autre que le ronronnement de la migraine, le bruissement du doux son des prés, et le crépitement des feux, sans qu'il n'y ait de pas pesants ni même de bruits de vagues et d'autres bagatelles qui auraient semblé, dans le néant total, être à des décibels au-dessus du seuil du supportable. Quelle étrange mélopée nous entendions tous les jours ! Assimilant chaque jour le désespoir des mortifications ubuesques qui nous arrivaient alors, figures, pantins, amalgamations d'images et de sons distordus, complètement fracassés dans le silence de la plaine, de ce terrain qui se comptait en milliards de millions de centaines de milliards de millions d'infinités d'hectares jonchés d'herbes, de plates herbes, coupées tous les jours au ras des pâquerettes, sans que jamais il n'y eût pu y avoir de hautes herbes où s'enfouir, où se cacher, où se terrer, où creuser ce trou, ce gros trou où personne ne pourrait nous trouver, où personne sauf nous, ne pourrait nous embêter ! Ah que la vie était terrible ici ! Le ciel nous accompagnait en nos songes et l'herbe en nos rêveries : tout le temps nous pesant à l'esprit, galvanisant nos démences, glorifiant nos pensées les plus noires, les érigeant aux titres de prophéties, de paroles sacrées ! Ah ! Jamais je n'ai connu de plus grandes douleurs ! Jamais ! Jamais ! Non pas ces douleurs brusques, qui vous arrivent sans même que vous l'ayez vu, mais ces douleurs terribles, intenses, où vous sentiez l'aiguille rentrait sous l'ongle, allongeant sa douloureuse épine sous la kératine, et l'enfonçant sous la lunule, perforant les nerfs près de la cuticule, une douleur intense, qui va ainsi, de jour en jour, s'exacerbant sous l'ongle, sans jamais vous laisser une seconde de répit, sans jamais que vous ne puissiez reprendre le souffle.

  Un jour enfin, nous vîmes par-delà les contrées un brin de mer. Nous étions hélas en train d'avancer sans qu'il ne semblât que la rive se rapprochât. À cet instant, mes joies et mes rêves ne représentaient plus rien lorsque je vis cette fin du monde. La mer ! Douce mer ! Nous irions enfin trouver la plénitude ! L'océan où nager en quête d'un nouveau chemin ! Ah ! Que cela aurait été beau ! Que cela aurait fait en nous ces espèces de bénédiction en tout ce que nous pouvions bénir en nous et en l'intérieur ! Que cela aurait été magique de se trouver nez à nez à une limite ! Jamais, n'avait-il semblé, la fin n'avait été plus saisissante que lorsque nous aperçûmes la mer. Cela faisait des années et des années et des années que nous étions ainsi, prostrés dans nos sièges, paissant de l'herbe comme la génisse (car hélas la viande s'était épuisée) pour remplir nos intestins, nos boyaux, et que l'*Espoir* s'était longtemps accoutumé à l'*Ennui*, son cousin éloigné qui fait que rien ne peut sinon la mort, nous délivrer d'une vie insipide et sans projet.

 Plus nous avançâmes, plus nous traversâmes de bornes, d'hectares et de verstes, plus je crus discerner de la mer quelque chose d'étrange, comme si la rive n'était pas si accueillante qu'elle paraissait l'être. Nous nous approchâmes encore, bien que la mer ne faisait que s'obscurcir – sûrement, me disais-je alors, cela était dû aux faits que les rayons du soleil (je croyais en cet instant que l'astre nous éclairant était véritablement quelque soleil lumineux) étaient plus inclinés vers nous que vers la mer, ainsi, quand nous percevions l'obscurité par-delà la contrée, cela n'était dû qu'à la disposition lumineuse de la plaine et non à quelque noirceur de cette mer qui, si l'on s'y approchait d'assez près, serait assez semblable à la mer et aurait ce bleu si tendre des océans et cette odeur d'eau iodée si reconnaissable à tout un chacun – mais, je dois le dire, le bleu si tendre ne faisait vraiment que s'obscurcir, faisant place, quelques distances plus tard, à une distinction très claire entre la mer et le ciel – distinction qu'alors, personne (et je dis bien *personne*) n'aurait pu souligné, même le plus savant des savants – et je sentis petit à petit, cette inquiétude envahir mes pensées, mes songes, tandis que je voyais le contraste. Un contraste qui allait de mal en pis, je dois l'avouer : un sentiment effroyable me prit alors. Ma théorie sur les rayons du soleil m'aidait quelquefois à calmer mes torpeurs durant les nuits où on ne voyait pas de distinction – car, il n'y avait plus de lumière pour souligner les différences ; mais hélas, la journée, plus on se rapprochait, plus mon hypothèse s'effondrait malgré mes convictions et mes craintes. Non, me rendais-je compte, l'eau était noire comme le charbon, comme la houille et l'on y sentait une odeur nauséabonde, une odeur de viscère et de mort, celle qu'a la bête lorsqu'on la laisse pourrir dans quelque abattoir insalubre. Un parfum de mort, de la vraie mort, où les larves vous dévorent la chair, et où le sang se montre à l'air libre, coagule à l'arrivée des plaies souffrantes, et où se dévoilent des nécrosions faites par des démences infectieuses, mortifiant le corps et l'âme sans qu'on n'en puisse rien y faire. La mort putréfiée, celle qu'on embaume, qu'on cache sous un beau cercueil, je la sentais maintenant. Je me souviens que ce fut lorsque j'aperçus le grand mur capitonné que je compris où nous avions atterri : là d'où nous étions partis.

VI

Il n'y avait pas d'issue. C'était ainsi. Où que nous allions, pas de porte de sortie. Je devrais vous dire que nous avions vite fait demi-tour lorsque nous avons contemplé le mur ; et qu'après cela, nous avons essayé de contourner la mer des deux côtés, de la droite et de la gauche. Je devrais vous narrer l'épopée que nous traversâmes à la recherche de quelque trou, de quelque porte, de quelque issue qui alors nous aurait fait sortir d'ici. Mais à quoi cela servirait-il ? Vous savez déjà ce qu'il y avait entre la ville et la marée noire : de la pelouse... Seulement de la pelouse. Une pelouse lisse, sans différences, qui jamais n'a changé, malgré les kilomètres que nous traversions entre les différentes zones où l'herbe poussait. Un terrain infini de verdure que nous étions en train de parcourir désespérément en quête d'une sortie en dépit du bon sens... Ah ! Devrais-je vous dire les heures d'incertitudes ? Devrais-je vous délivrer l'affreux sanglot qui nous prenait quelquefois durant cette recherche ? Devrais-je vous informer des multiples changements d'humeur que je commençais à avoir ? Devrais-je vous réciter les mornes songes que j'eus ? Étiré dans l'espace, le temps et l'infini, rien n'a semblé vraiment avoir d'importance, je dois l'avouer. Rien à part les songes et les rêves. Durant cet instant, je n'ai fait que rêver, que penser, que pleurer, que geindre sans jamais qu'il n'y eut quelque influence que j'exerçai dans le monde où je vivais. Je n'avais ni femme ni enfant ni amitié dans la Réalité qui m'aurait procuré une émotion assez grande pour me tenir toujours dans ce champ de la peur, de la migraine latente, en pensant à mon ancienne vie... Je n'étais rien, ni personne, ni ici, ni ailleurs. Ma place était au fond là, à naviguer désespérément dans l'obscurité, dans l'attente perpétuelle, dans la balance de l'humeur, cette balance sourde qui jamais n'a causé, ni à moi ni aux autres, une émotion aussi lamentable que celle des âmes tourmentées par leurs propres souvenirs lorsque le temps semblait soumis à une lenteur vertigineuse, où les plantes prennent vingt ans à mûrir et les hommes mille ans à vivre.

  Le temps passe dans la mémoire. La mienne, j'ai dû la comprimer pour subsister. Là, si vous inspectez mes souvenirs, vous ne verrez rien à part la simple image de ces plaines abyssales où se noyaient les avenirs et l'azur de ce ciel, toujours trop haut, où nous observait de loin, je ne sais qui, je ne sais quoi. Rien d'autre. Sachez cela. J'étais prisonnier. Prisonnier de moi-même, de mon propre esprit qui ne pensait jamais, durant ce temps, à s'immerger dans l'eau noire et trouble.

  Ma répulsion à cette action m'obligeait constamment à naviguer entre l'*Espoir* et l'*Ennui* et, au fond, si cela avait continué ainsi, j'aurais sûrement ramé pendant l'infini, comptant les années comme des heures et les heures comme des secondes, examinant inlassablement les brins d'herbe et les brins de poussières, espérant ce minuscule *peut-être* que le Saint-Esprit, m'ayant vu alors, m'aurait fait ancrer en mon âme, pour ne pas que ma démence s'installe de ce côté-ci de mon conscient.

Mais, un jour tandis que nous contournions encore la mer (ancrage noir au loin que nous pouvions apercevoir malgré cette distance sidérale qui nous séparait de nous à elle), la voiture se mit à vrombir de moins en moins. J'inspectais le compteur du carburant : l'automobile en était encore emplie. « Qu'est-ce qui se passe ? » Nous étions partis de la voiture. Elle n'avait rien. Thomas a essayé de pousser : la voiture était bien trop lourde. On avait alors essayé de trouver quelque chose dehors qui puisse l'aider à rouler. On était seulement parti pendant une demi-minute quand tout à coup, un gros *crash* a retenti dans toute la plaine.

La voiture a juste disparu durant ce *crash*. Ce n'était pas juste qu'elle s'était fait atomisée sur place, non, tout ce qui était lié à la voiture n'était plus là, aussi bien ses traces de roues que son odeur, que ce qu'elle contenait. « Qu'est-ce qui… — Mon sac ! a crié Thomas. » Et tandis qu'il essayait d'apercevoir l'engin, je me rendis doucement compte de ce qui se passait. « C'est fini, Thomas. — Qu'est-ce qui est fini ? — Tout est fini. » Thomas me regardait de ses grands yeux noirs. D'ici, l'on pouvait sentir qu'il ne comprenait pas. Sûrement qu'il ne comprit jamais ce que je voulus dire. « Nous sommes finis, Thomas. — Comment ça ? — Nous n'avons plus rien de notre ancien monde : nous sommes finis… Nous ne sommes plus rien. »

La noyade[12]

Thomas était désespéré...
...

Un abîme nous envahissait tous les deux. Il semblait bien que, dans ce vide, il ne subsistait que le pathétique de la situation. Quelque chose de bien terrible, pensions-nous, car, voilà, lorsqu'elle [la voiture ?] a disparu, ce sont nos liens à l'humanité qui ont été coupés. Et plus que nos liens, nos identités. Nous n'étions plus rien, ni lui ni moi. De simples ombres. De simples corps désarticulés que ce monde pouvait agiter en tous sens, bringuebaler s'il le voulait, raidir s'il le fallait, mais toujours aussi morts dans la mémoire des gens. Plus personne, dans le monde réel, ne devait nous reconnaître. Et même nous, nous avions fini par ne plus nous reconnaître. L'air froid de la brume s'avançait de la mer. Une fraîcheur terrible m'enivra alors, brisant mes épaules, me penchant à terre, calottant mes reins. Le désespoir ou la mort ? Difficile qui des deux sentiments me passaient alors à l'esprit : des deux j'en avais une certaine idée, une idée bien effroyable, je dois l'avouer, mais pas plus odieuse que ce que je ressentis en cet instant ; si gris que j'étais, si mort que je devenais. Ces deux sensations, en effet, me roulèrent dessus successivement, sans que, de l'un ou de l'autre, je ne puisse rien tenter d'adoucir. J'étais à bout de souffle.

---

[12] Ce feuillet semble antérieur au chapitre. Un prototype de cet extrait semble être même la première feuille jamais écrite. Ainsi, il serait audacieux de clairement dire que cette sous-partie fait partie intégralement de "la voiture", mais voyant la jonction qu'elle faisait, j'ai décidé de l'imposer ici.

Quelque chose comprimait mes poumons, faisait que je ne pouvais bien respirer. « Si tu as pitié de nos âmes…
— Baignons-nous dans la mer… oui je sais. » Et alors, il se mit à marcher, et je commençais à le suivre, hors d'haleine. En un instant, nous arrivâmes devant ce lac d'eaux troubles. Le désespoir se mêlait à la liqueur du noir. L'affreux se nappait de cette absence de vie, de cette inanité de ma conscience. Je ne pensais plus. Je ne faisais plus rien. Seulement, je divaguais. Je divaguais en mes songes. Et l'odeur nauséabonde, cette odeur de pourriture, se paraissait alors de grandes voiles noires, celles de la quiétude, de l'aveuglement. Je ne pensais plus à rien. Ma tête était vide ; mes pensées aussi. Et rien à part le soufre aurait pu me faire quelque autre effet dans cette terrible chaîne où je m'étais attaché. Seul mon cortex s'activait quelquefois, mais là encore, rattrapé par le filtre de la vision brouillonne, des parfums indescriptibles, et du toucher indicible. Il se projeta dans cette masse noire alors, sans que jamais je ne visse comment il le fit ; je décidais de faire de même, car, la seule vue de ma personne me rendait malade au plus haut point.

La fête[13]

I

---

[13] La « fête » est un chapitre à part. Dans les notes, il y était écrit :

« J'ai longtemps cru tout me souvenir, mais à chaque fois que je me plonge dans l'écriture de ce moment, j'ai l'impression de tout oublier. »

C'est l'un des chapitres ayant le plus de plan (cf. voir Note 2). Son titre de chapitre n'est pas simplement une croix X comme pour les autres, c'est une étoile de David « ✡ ». Et aurait même dû être le dernier chapitre avant. Dans le journal, il est assigné en grand :

« Fin de la corvée : je n'en peux plus. Trop laborieux. Je ne pense pas que je puisse même réussir à pouvoir faire mieux. Dieu a fait son ouvrage en six jours, je ferais le mien en six chapitres... Est-ce que je pourrai même écrire plus ?... »

Ainsi, nous aurions dû finir au Livre 5. D'ailleurs, l'intercalation de la feuille de la « noyade » est une marque de ce changement. Recomposé à la hâte, il ne servit plus qu'à remplacer un pan du Livre 4 et de pouvoir créer un nouveau chapitre pouvant alors corroborer les propos tenus (la vraie fin du Livre 4 est aujourd'hui perdue).

L'auteur se reprendra sans jamais expliquer pour quelle raison. La suite de ses notes semble se reprendre sans mentionner la « fin de la corvée ».

Dès que je sentis ma respiration, la mer glaciale, de nouveau, me fouetta de pied ferme. Je n'arrivais pas à voir ni à ressentir quelque autre abjecte sensation à part cette glaciation de tout mon être, cette abominable glaciation qui me brûlait les yeux en me fustigeant de partout sans que je ne l'eusse demandé. Ma peau était tellement froide qu'elle me brûlait le corps, et cela si bien que je sentais des plaques se formaient partout sur mon épiderme, et que même bouger un membre aurait été pour moi de l'autodestruction tant toutes les parcelles de mon corps devenaient dures et friables comme de la glace. Eussiez-vous vous imaginer comme du verre et vous ressentirez peut-être la sensation que je ressentis tandis que partout où je posais mes yeux, une obscurité ténébreuse s'y imprégnait. Un ressentiment où même la craquelure de quelque membre de mon corps cristallisé, s'échouant sur le crasseux sable aurait pu me provoquer une de ces douleurs stridentes, drôles de sensation que même mon précieux imaginaire endolori, si précieux et si fragile, n'aurait pu révoquer sans craindre les tourments qui en suivraient.

Cette pensée troublante dans mon esprit, toujours gardée là entre l'agonie, elle apparaissait de nouveau pour me rappeler la triste réflexion que cette sensation que me faisait parcourir cette peur, cette peur de la mort

---

L'écriture, bien que vous ne pouvez la voir est plus erratique et saccadé. C'est un des chapitres les plus ardus à lire de tout le manuscrit. Tout a été écrit et réécrit sans qu'il n'y ait même de vrai chemin où les mots semblent aller. Si cela vous dérange, ne vous prenez pas la peine et passer le Livre. Cela ne vaut pas la peine qu'on s'y attarde.

qui m'étrillait les boyaux, ceci oui, c'était peut-être une annonce avant-coureur de ma fin. *M'envolerais-je enfin ailleurs ? Partirais-je ? et sans ce corps trop lourd pour moi qui irait de toute façon, se détruire morceau par morceaux ? Plus de « je », plus de « vie »*, m'écriais-je, *plus de problème ni d'angoisse, il n'y aurait que cette forme spectrale, qui irait graviter dans un monde enfin en paix. Un monde sans* Ennui *ni* Espoir. *Un monde simple, qui n'aurait pas de guerre, pas de torture, pas d'esclavage, pas de torpeur, pas de trahison, pas de poignard, pas de tourments, pas de passion, simplement un monde où tout le monde pouvait vivre en paix, en treillis main dans la main...* (Ah que j'étais bien bête !).

Le vide parvenait de part et d'autre. J'en étais là de la délivrance lorsque tout à coup, sans que je ne l'eusse demandé, et venant de nulle part, je sentis Thomas me tirer le bras sans même le casser. Il m'emmenait de la mer aux bords, à cette nouvelle terre où nous étions arrivés, où l'on ne pouvait sonder ni le ciel, ni le sol. Des ténèbres entouraient de tous les côtés ce nouvel endroit tandis que je sentais encore l'écume blanchâtre, hivernale, polaire même venant inlassablement me recouvrir et me replonger vers cette mer. Thomas me hissa encore, presque à bras le corps durant tout le va-et-vient de cette rive ; alors, au bout d'un instant, d'un temps qui me parut une de ces éternités dont on ne ressort jamais, j'arrivais enfin à sentir mes bras, mes jambes, mes sens, mon acuité, mon ouïe, et enfin, à me représenter, de mes yeux habitués à la sombre clarté, cette plage de sable fin où j'avais été transporté, et où hélas aussi ! il n'y avait âme qui vive ici.

Ah ! En voyant un peu le rivage, j'avais cru que, durant un doux moment où je sentais renaître l'*Espoir* comme renaît le phénix, j'étais enfin en sécurité, sorti du cauchemar... Ah ! Que je me trompais ! Que je me trompais douloureusement ! J'étais encore *là*, tout rapiécé, tout enfermé encore dans l'intercalation de mondes imbriqués.

  Restait le sable : il ne nous brûlait pas les pieds : il les glaçait. De loin, aucune lumière. De simples ténèbres à part l'étincelle d'un réverbère qui, alors, se trouva ici, sans que nous ne l'ayons vu. Rien ne semblait avoir de couleur hors de cette lumière. Ni de couleur ni de forme. Il n'y avait pas de sensation à donner. Il n'y avait que du regret. Que du regret, du regret et rien d'autre sinon. Je me suis approché du réverbère. Thomas me suivit. « Écoute, je ne sais pas ce qui nous arrive...
— On va dormir et ça passera. Ne sortons pas de la lumière. » Nous avons mal dormi. Que devrais-je vous dire ? La mort nous semblait à moi et à lui autant confus que si elle avait eu une âme en elle, une âme qui aurait fait de lui la catastrophe des antiques, ceci même qu'on ne pense que dans les plus mauvais songes, cela même qu'on prédestine aux temps célestes, ceux de l'Abomination, de l'Apocalypse, du Grand Grand Jugement, qui semble n'être ici que pour durer aussi longtemps que si nous l'eussions inviter au passage de nos démences et de nos rêves ; ici, la mort nous environnait de toutes parts : j'avais tant peur du noir que rien ne semblait à moi plus effrayant que ces profondes noirceurs, là où les idées se distillaient dans la névrose, où la plus belle des formes d'art pouvait se tordre, se tortiller, courbant l'échine jusqu'à mourir sans apercevoir ses connaisseurs enfouis dans la graine du déni profond, celle-là même qu'on ne devine sans jamais la connaître, celle qu'on mord, qu'on domine, qu'on resplendit, qu'on sublime, qu'on renie, qu'on pleure,

qu'on tue, qu'on pense, qu'on écarte de nos rêves en se disant, sans même qu'on n'y pense vraiment tellement nous sommes certains que cela va nous faire mal au cœur, tant au cœur, que cela ne servirait plus à rien d'y penser sinon pour surpasser la mort elle-même dans son ignominie, avec sa grande faux, celle qui tue ceux qu'on a connus dès le berceau, et qui iront rejoindre au linceul ces moribonds dansants dans des plaines magnifiques et majestueuses ; ceux qu'on espère, malgré ce que disent nos pères et nos mères, rejoindre un jour ou l'autre.

    Ici, durant cet instant, je ne fis que penser à ma vie *d'avant*. Jamais je ne l'avais pensé. Tant et bien que je ne pouvais que la mépriser en mes nouveaux songes, tellement je sentais que les bonheurs que j'avais perdus ne se cumulaient pas – mais s'échouaient à la place – au pouvoir grandiose dont j'avais acquis la pleine mesure : l'immortalité donc ; ce pouvoir que nous rêvions tous d'avoir, depuis Gilgamesh en tout cas. *Immortalité*, les champs d'avenir propre à ce mot aurait dû m'extasier, me permettre le bonheur et la satiété… Mais depuis que je sentais mes veines ne plus vieillir à cause des affres du temps, que je sentais ma peau s'adoucir au contact doux et brutal de quelque vent tempétueux ; en bref que j'eus ce contact lancinant envers la vie, envers ce qu'on appelle philosophie, envers ce qu'on surnomme « éternité », je comprenais que la mort était pour nous la plus grande délivrance que le monde ne nous ait jamais donnée ! Je comprenais maintenant la guerre, le conflit, le suicide, l'invention du fusil et de la lame : la mort nous délivrait de l'enveloppe charnelle qui, si nous l'usions trop, pouvait s'oxyder, pouvait pourrir, pouvait gangrener : la mort était pour nous une ligne finale, où on pouvait se placer enfin un point dans l'existence en se disant : ici, ma limite. Sans cela, que vous dirais-je ! Les œuvres d'art seraient merveilleuses, les créations, intenses et sans fin : tout serait fou, ou le deviendrait ! Ah ! quelle belle mort, j'aurais pu me parer en mon ancienne vie !... Je ne voulais plus rien d'autre. J'en haïssais le monde ; j'en bourdonnais de colère, de rage, et même le plus calme des flegmatiques auraient vu en mon combat contre la vie une très belle cause…

    Seuls les plus grands penseurs et rhétoriciens, ceux, qu'on eût jamais pu mettre en colère ou en quelque autre émotion, comprennent et approuvent cela, bien qu'ils aient renié la bile, la jalousie et la rancœur. Au fil des jours, des minutes qu'on passa ici, à demi effrayé par la claustrophobe nuit sans fin dans laquelle nous étions plongés, nous nous habituâmes à l'obscurité, bien malgré nous, bien malgré cette peur affreuse qui nous entortillait l'estomac. Je comprenais maintenant… Je comprenais. Le noir n'est pas ce qui fait peur. ~~C'est ce qui est dans le noir, qui~~[14] ▉▉▉▉▉▉▉▉ mais c'est ce qu'on peut y discerner. Le noir aveugle, le noir voile, mais le noir n'horrifie pas. Ce sont les formes… Oui, ce sont ces formes terribles, qui permettent, lorsqu'on les voit de loin, d'intensifier l'obscurité. L'imagination prend le relais alors dans ces cas-là, car l'imagination, c'est l'un des plus grands poisons à la raison, c'est cela qui fait palpiter le cœur, machine fumeuse créatrice de rêves et de cauchemars, planifiant les pires douleurs, les pires peurs, les pires angoisses, ces idées affreuses germant au fin fond de nous, au fin fond de notre âme,

---

[14] Les ratures commencent vraiment à être intéressantes. Ce n'avaient été qu'auparavant de simples broutilles supprimées, mais barrer des éléments aussi importants, pour quelle raison commettre cela ?

près de tous les lobes cérébraux... c'est ça ! c'est ça qui terrifie le plus ! Cette partie du cerveau inscrite là, juste à côté de la raison... (Contre ça bien sûr, se montre la lobotomie, c'est cela seul qui peut nous aider à ne plus craindre ! C'est la lobotomie ! La trépanation ! Il faudrait continuellement faire ça ! Creuser ! Creuser dans la cervelle ! Encore et encore ! Comme les œufs à la coque ! Hélas, je ne pouvais pas. J'y pensais, mais la seule chose dont je me sois poussé à faire, c'était d'arrêter l'imagination, d'arrêter mes craintes, d'arrêter de voir en ces formes mes pires angoisses, mes pires peurs. Il ne fallait plus que je me confronte à ce noir où je pouvais encore discerner dans les silhouettes des choses horribles. Alors, je pensais, à un moment, comme si ça allait de soi, que c'était mieux de fermer les yeux quand je m'avancerai dans le noir, mais plus j'y repensais, plus je me disais qu'il fallait que je sois courageux simplement, que j'arrête d'avoir peur. Des fois, je croyais que Thomas était parti, alors, j'étais terrorisé, mais il arrivait derrière moi, dans un angle mort ; alors j'avais moins peur : Thomas, malgré notre dispute, était devenu la seule bouée de secours dans l'océan. Je me rendais enfin compte que je n'étais pas assez fort mentalement, que je n'étais pas assez fort... tout court... et, qu'à part la lobotomie, je ne pouvais rien faire, pour ne plus avoir peur.) Nous avons fait avec Thomas, le pacte de se tenir la main lorsqu'on avancerait, comme des enfants quand la maîtresse leur dit de se mettre en rang. Il fallait ça de toute façon : sinon, nous serions tous perdus. Nous étions prêts, nous avions tout organisé : continuer la direction qui nous avait menés du rivage au réverbère, ne pas nous séparer, nous parler constamment, etc. Mais, dès que Thomas allait presque partir, j'ai eu un de ces haut-le-cœur affreux, une espèce de secousse qui m'a pris de haut en bas, et je lui ai dit de rester un moment... juste quelques heures : une sorte de peur commençait à m'habiter. « Je veux dormir dans un lit ; je veux arrêter d'avoir mal à l'estomac... S'il te plaît, allons-y... — Non... Je t'en prie. » Nous attendîmes longtemps.

Sachez ceci, le temps peut passer vite, très vite lorsque la peur nous tiraille. En tout, je crois bien que des années et des années s'écoulèrent durant ce moment d'hésitation. Et pourtant, je ne bougeais toujours pas d'un iota.

Était-ce si mal que nous y allâmes... hors de cette lumière ? Peut-être que cela, même si les premiers moments auraient provoqué une crise d'angoisse terrible, peut-être, oui, cela, cette sortie, aurait pu m'endurcir, après la décantation de mes émotions, et faire que la peur, cette peur transfiguratrice des illusions funestes, se serait évanouie pour de bon...

Bah ! Ma frayeur m'empêchait même de penser à cette éventualité, et j'attendais encore cette parcelle, ce je ne sais quoi de mystérieux, de mystique, nous tombant par enchantement sur la tête, effleurant notre esprit pour à jamais nous susurrer à l'oreille un murmurant : « Allons-y. » Il n'arrivait jamais, hélas.

Même si Thomas songeait vraiment à partir, me tirant l'épaule quelquefois, je ne bougeais pas : c'était lui tout seul ou c'était nous deux. Thomas ne voulait pas partir seul, il restait donc. Moi qui rassemblais déjà toutes mes forces pour simplement résister à l'envie irrémédiable de crier, d'hurler et de pleurer dans le noir, jusqu'à ce que mes cordes vocales se coupent, que mes glandes lacrymales n'aient plus de ressources et que mes jambes n'aient plus de courage, je ne pouvais ainsi m'immerger dans le noir total, fût-ce même un instant.

Ainsi, la peur qui explose se remplaçait par la peur qui attend, celle qui arrive intrinsèquement, petit à petit, dévorant morceau par morceau votre esprit en pleine dégénération, vous faisant voir, sans que vous ne puissiez même comprendre, dans les quelques formes longilignes qu'on remarque au loin dans le brouillard étouffant d'une nuit sans étoile, le boucher, le grand, celui qui tue la bête et qui la dévore à même la carcasse fumante, tranchant, le couteau aiguisé depuis des années, votre tête, vos épaules, votre nuque, vous égorgeant au piquet, vous mutilant au charbon, vous dévorant à la gueule. Puis, sans que vous ne l'eussiez aperçu, vous voyez par-delà la noirceur le grand et massif arbre, celui qui vous attrape de ses branches grimpantes, qui vous entortille, vous essore jusqu'à la moelle, vous pend à ses feuilles et vous avale par la sève et par la photosynthèse. Alors, au milieu de ces deux monstres, réels croque-mitaines nés par quelque Belzébuth et engendré par quelque Lucifer, vous voyez la machine mécanique, rempli de ces engrenages vous broyant sans s'arrêter, inlassablement, vous coupant pièce par pièce, dégageant à même ces ressorts les effluves pestilentiels, effluves que l'on sent près de l'abattoir, mais qu'on repère mieux lorsqu'on s'allonge sous les rails du train, ces effluves faits alors pour vous contrôler et pour lacérer bien mieux vos membres et vous éventrer dès que vous aurez la cervelle gangrenée. Et alors, vous repérez le monstre, le plus grand, celui qui e████████████████████████
██

Alors, non, je ne voulais pas partir.

 Un jour, pourtant, nous y sommes allés. Fatigué par la noirceur, par l'ampoule du réverbère aussi, je devins plus que tyrannique envers mes humeurs, et je voulus, un jour, partir car je sentais mes jambes, ma nuque, mes yeux, ma bouche, mon visage, mon cœur, mes boyaux, mes intestins, s'engourdir tout simplement. L'éclairage blafard du lampion que nous avions au-dessus de nos têtes n'arrangeait pas cela : tout se montrait, dans notre périmètre, dans une lumière aveuglante, et, sinon cela, dans un noir total… Il fallait que nous nous en allions, j'en étais sûr. Dès lors, je dis à Thomas : « Nous devrions y aller. » Et alors, il me tint directement la main et voici, machinalement, nous partions, après des années sous le réverbère, semblait-il.

L'aveuglement d'un sens comme tout le monde le sait amplifie les autres, les développe de manière exponentielle, les accroît au quintuple et leur prodigue des dons dont seul Dieu en sait la provenance.

N'est-ce pas étrange ? C'est lorsque nous sommes malheureux de perdre un sens que nous devons alors souffrir le plus par nos autres capteurs. L'abattement doit donc se distiller ou s'intensifier avec ce prodige ? Nulle réponse, en effet, il n'y en a pas.

Plus nous marchions, aveugles dès lors, plus ces autres sensations semblaient être intenses. Voici que nos mains sentaient des ronces, que nos oreilles entendaient des bruits mécaniques comme venant de plantes impossibles et que nos pieds, par les trous de nos chaussures, sentaient l'asphalte de la route.

Plus nous marchions, plus nous apercevions nos remémorations (ou bien même nos hallucinations) s'écraser dans les nuées et à l'horizon ; et dès lors, les sensations, intenses, faisaient comme des digressions atroces dans notre périple.

Les souvenirs viennent des sensations. C'est ainsi. L'odeur, le toucher, et tout cela vous créent des remémorations, et seulement les ressentir peuvent vous faire parvenir les plus douces mélancolies. Revenant et partant, vacillant et échouant, il n'y a qu'avec les anciennes sensations longtemps oubliées dont on ne peut se souvenir du passé. L'odeur, ah, c'est étrange de sentir le passé par cela. Nous sentons une saveur, nous sentons un goût que nous n'avons plus eu depuis longtemps et c'est une explosion. Mais, voyez-vous, savourez-donc cette odeur, cette saveur trop longtemps et vous ne ressentirez plus rien, l'accoutumance parfaite donc.

Les remémorations se créent lorsque les vies se sont tassées, que les visions sont devenues fades, et que seul le passé fulgurant des abîmes peut seulement vous apporter un brin de nostalgie et de mélancolie dans cette espèce de capharnaüm que deviendra votre vie.

II

Au bout d'un moment, tandis que je tenais la main de Thomas, je rentrai dans un buisson. Passées les feuilles, je sentis des ronces d'un coup s'enfonçaient dans ma peau. Et alors, une douleur aiguë s'agita en moi, et me fit pousser des cris de souffrances incroyables. La main de Thomas était encore là pour me soutenir ; et cependant, comme par une de ces fluctuations du sens quantique, où la vision est détruite et où le reste est confus, je croyais un instant que sa main, à vrai dire, n'existait que dans mes songes. Tout de même, il me releva et je pus partir. Au bout d'un moment, tâtonnant dans l'asphalte, nous avions compris que nous étions dans un carrefour entre quatre choix. J'ai décidé de suivre une des routes que je croyais se diriger vers l'est, mais qui se dirigeait en fait vers le nord. Dans l'obscurité, nous ne savions plus où nous étions. Et seuls mes pas, le toucher de ceux-ci et peut-être leur odeur, nous aidaient à nous repérer. Au bout d'un instant qui a semblé durer des éternités, la route remplie d'asphalte s'est brusquement changée en pavés, les anciens pavés de mon village, avant que les travaux n'aient fini de tout changer. À ce même instant, je dois le dire, tout se désola de ce côté-ci. Les ronces se multipliaient à chaque pas, et même si quelques épines s'incrustaient sous la plante de mes pieds, je ne pouvais me les retirer car Thomas m'emmenait aussitôt. Je le suivais. Au fur et à mesure que nous tâtonnions dans le noir néanmoins, je réalisais tout d'un coup que lui… et surtout que son silence, m'inquiétait. Je lui ai alors dit un mot : mais il ne m'a pas répondu. J'essayais de discerner sa main : elle ne sembla même plus exister. Je voulus le toucher : même lui n'était pas là. Je finis quand même par suivre ses pas, car *il ne faut pas qu'on se perde*, me disais-je.

Puis, tout à coup, Thomas disparut, il n'avait même plus de présence ; ses pas, ses membres, son entité disparurent. Je me retrouvais seul… à cause de lui. Un froid glacial se répandit dans tout mon corps…

…

…

J'ai alors hésité un moment entre rester sur place et rebrousser chemin ; puis, au bout de ces instants de réflexion qui semblent durer des heures et même des décennies, je me suis avancé car hélas, je ne pouvais que faire ça. Le lampadaire était trop loin et il ne restait alors plus que la marche pour me faire oublier la peur ignoble que je ressentais.

La solitude émergea alors. Je marchais lentement dans les dédales de cette route que je commençais à ne plus comprendre. Le froid mordant de la mer, je le sentais partout, voilà bien la seule sensation que je pus constater qui avait été un tant soit peu compréhensible.

À cet instant où Thomas ayant disparu, ne me gênait plus de sa présence, je commençais alors à songer et à encore plus songer.

Je me disais :

Comme le chien à cinq pattes qui n'est pas conforme à la réalité, la peur dépend de qui en possède sa définition. Quels étranges principes de se dire que le tranchant d'un couteau, que les pattes d'un arachnide, que les ogives d'une nation horrifient la Terre ? Quels sont donc les principes qui font que les crabes et les escargots, ces souffre-douleurs que Dieu a donnés en même temps que le chien et le chat, sont des animaux dégoûtants ? Le crabe est l'illumination du genre animal ! Et l'escargot est aussi beau, aussi sage, et sûr de sérénité que le canidé, que la bête domestiquée ! La peur est ce genre d'absurdités dont se voilent les hommes. La peur et l'émotion en général ne sont que des reflets de la fragilité de l'humain dans son seul retranchement, une fragilité qui fait qu'il ne tue pas son congénère, qu'il ne détruit pas ce qu'il engendre. La peur est aussi perturbable, aussi nuisible que toute autre sensation : le bonheur amenuise la concentration l'amour rend jaloux celui qui peut se l'accaparer et le rend câlin à celui qui ne l'est pas et la compassion affaiblit l'humain. Les émotions sont stupides n'est-ce pas ? Les émotions brisent le cœur sans raison ; au final, lorsqu'on s'en rend compte, cela ne fait que brûler le peu d'intelligence que les gens possèdent, les émotions font du savant la proie du génie le singe, du lobotomisé le monarque ; dans un monde idéal, il faudrait que les hommes broient leurs cerveaux de l'intérieur, le dissèquent, extirpent, ou éliminent le système limbique, celui responsable de l'émotion ; il faudrait dans un monde idéal que les gens savent différencier le stupide l'émotionnel, le naïf de l'intelligent, du stoïque ; qu'ils mangent leurs enfants à la naissance ; qu'ils tuent leurs femmes quand ils ne les aiment pas ; qu'ils peuplent et qu'ils exterminent leurs progénitures ; qu'ils libèrent les fous et les déséquilibrés mentaux ; et qu'ils les mettent dans la politique car seuls eux savent ce qui est bon ou non à faire : à cause de l'émotion les hommes ne se tuent pas : les hommes se câlinent et apitoient le dysfonctionnel, ne laissant jamais la sélection naturelle tuer le nuisible... !

Songeant alors, je compris que ce que je disais n'était ni fallacieux ni stupide, et comprenant cela, la peur, cette émotion aussi ridicule que ne l'est la joie ou l'amour, je l'exterminais de ma cervelle et, par la fatigue, je devins surhomme de moi-même ne comprenant maintenant plus ce qu'étaient ces émotions qui auparavant me gouvernaient. Je ne compris plus l'empathie ni la compassion. La joie ni la tristesse ne furent sages. Seule la colère, je la gardai, car c'est l'une des seules émotions qui permettent à l'humain de survivre dans une sorte de neurasthénie qui aurait fait que même le fait de voler ou de léviter m'aurait laissé complètement de marbre. Durant ce grand mois d'apprentissage, où j'annihilais cette parcelle de moi, de l'émotion que je possédais encore, de la compassion qu'alors, je destinais même au plus crétin des crétins, et de la peur qui alors, m'avait gouverné depuis tant d'années, dès lors après cela, et je le dis clairement, même les plus grand démons, ceux qui ne sont mentionnés que dans les Écritures apocryphes, ceux-là même qui ont provoqué des névroses et des malaises aux fidèles qui ont l'eut l'impertinence d'y lire leur description, ne m'auraient provoqué qu'un écarquillement des yeux, qu'un haussement d'épaules, tellement la fatigue, cette fatigue qui emporte l'humain dans les ténèbres de son ennui, qui le jette aux flammes du désespoir, de la désintégration interne, je ne la ressentais qu'à même mon épiderme ; et la peur celle-là même qui, vingt ans auparavant, lorsque nous étions arrivés dans la forêt, m'engourdissait à un simple cri d'oiseau jeté par-delà les branches, s'évanouit. Plus que la fatigue, je m'en rends compte, c'était le fait d'avoir songé des années, qui finissait de me prouver que la peur n'était que ce que nous définissions comme tel, comme esclave de ce sentiment.

Thomas ne devint plus que l'être absurde que je méprisais depuis le début de ma rencontre, qui ne pouvait même, avec son corps fébrile, me protéger un instant de ces terreurs, restes d'angoisses et de peurs catatoniques, qui nous habitaient. Ses qualités d'autrefois étaient devenues, avec les défauts qu'ils possédaient déjà, des signes d'inintelligence et d'abrutissement, endoctrinés par le genre humain dont, aujourd'hui, je ne faisais plus partie. Maintenant, Thomas n'était rien. Rien ! Rien ! Tant et bien que ce nom, « Thomas », je le jetais par-delà les flammes, Thomas ne devint plus Thomas, il ne devint rien, je le cachais au fin fond de mon esprit et lorsque, quelquefois, j'y pensais, à ce Thomas rien ne se troublait alors, rien sinon la paix, sinon la colère de l'intellect !

Au fil du temps, je ne faisais que marcher sans but, tandis que la pénombre me contrôlait et que je la suivais ; que je marchais sur les traces de cette obscurité qui, dans toute sa plus belle contradiction, me donnait du baume au cœur. Je ne faisais rien durant. Mes muscles bougeaient comme une machinerie d'automate et moi, mon vrai Moi, celui qui pensait que j'avais encore une âme, n'était plus qu'une carcasse, le Moi n'était plus rien à part un bout de chair en constante phase paradoxale qui ne faisait que sentir. Sentir l'herbe sous mes pieds, sentir l'odeur du néant et le son de l'abîme, du creux absolu qu'était alors ce monde vidé de sens, de sang et de son. Je crois que j'ai accompli cette marche solitaire durant un très long temps, paralysé mentalement par la peur. Ils avaient tout fait pour me perdre dans ma perception. Et le Moi ne savait rien de ce qui se passait. Le Moi ne sentait que le temps fuiter, toujours et encore, le Moi ne sentait plus les horloges cliqueter, non, le Moi sentait peut-être les signaux continuels et aléatoires, qui me disaient que le temps s'écoulait, mais rien d'autre.

Au bout d'un long moment que j'oubliais même, je vis de la lumière. Je dus le voir bout par bout, mes yeux devant s'habituer. Soudain, j'ai de nouveau senti Thomas, en tout cas sa parole :

— Allez, tu viens, m'a-t-il dit.

Alors, je suis venu ; je me disais peut-être qu'en fait, c'étaient mes sens qui l'avaient oublié, qu'il avait toujours été là. Mais, en vérité, je savais que ce n'était pas lui, ça ne le serait jamais, il était parti depuis bien longtemps, depuis *trop* longtemps. Le temps s'étire et se condense, mais peut-il varier de forme ? Le temps existe-t-il vraiment ici ? Une année ? Qu'est-ce donc qu'une année ? La révolution d'une planète ? Mais il n'y avait pas de planète ici ! Il n'y avait rien sinon l'obscurité, la pelouse identique de plaines interchangeables empilée les uns sous les autres, juxtaposée à la manière de dominos gigantesques. Si j'y pensais, ça pouvait l'être… Le temps n'existait pas… Je ne devais pas faiblir, je devais accentuer ce visage de marbre, ne pas le bouger, ne pas le mouvoir.

— ~~Rentrons~~.

J'arrêtais de penser, de songer un instant et je montais dans la maison sous l'impulsion de Thomas… Dans la maison, outre le papier-peint rempli de viscères en putréfaction, presque mort, et outre les supplications que nous entendions par-delà la porte, outre les cris et les pleurs qu'on entendait de par-delà les planchers, et outre les rayures, les murs arrachés à même les griffes, je me souviens très bien qu'un restant de fête était là, tout à fait normal. Une banderole, trois ballons, une table et une chaise ; voilà. Des aboiements inondaient néanmoins de tous côtés. Sourds et graves. Cachant même les pleurs, les sanglots. Cela me ▮.

Alors, j'ai enfin décidé d'ouvrir la porte car les cris devenaient assourdissants. Mais quand j'ai fait ça, je n'ai simplement vu que le vide, un vide noir, rien d'autre, qui me disait presque de venir. Mais néanmoins, je ne pouvais passer, je ne pouvais m'en aller aussi, si tremblant devant cette barrière qui m'attirait autant qu'elle me dégoûtait, qui semblait me regarder de toutes parts, mais qui semblait aussi ne rien voir. Cette barrière où la chaleur et le froid, le feu et la glace, la mort et la vie semblaient ne faire que me tourmenter doucement, m'aimer brutalement, me détester tendrement.

Donc, je n'ai rien fait. ▮o▮ restait en bas de la maison en cet instant, i▮ me regardait par le perron. Je l▮ vis un moment, puis, comme le *monstre* que j'avais rencontré dans la forêt, l▮ disparut avant de revenir.

— ~~Qu'est-ce qu'il y a ?~~

J'eus peur. D'un coup, je me suis rappelé un moment ce qu'*il* m'avait dit. *Tu ne parles à personne*. Et alors, j'ai eu des frissons, j'ai pensé : *si c'était vrai, si* Thomas *était* ▮, ~~mais qui je suis en fait ?~~ ~~Je n'étais personne peut-être, il fallait que je sache qui~~

~~j'étais ou ce que je faisais dans cet espace et pourquoi j'y étais encore emprisonné et pourquoi il~~ Je n'en pouvais plus, je voulais m'en aller, je voulais partir, je voulais rejoindre ma maman, mon père. Ô quelle tristesse je trouve quelquefois dans ces moments de contemplation. Souvent, j'ai l'impression que rien n'allait dans ce que j'ai vécu. Je n'ai jamais rien fait qui soit bien et sûrement que peut-être, ça n'aurait jamais dû m'arriver, que j'aurais dû partir d'ici il y a longtemps, que ce destin qui nous a fait mettre les pieds dans cette forêt, ce ne fut qu'une simple coïncidence et que ces années passées, ces évènements qui me sont arrivés, qui m'ont tourmenté jusqu'à la rétine même de ma cavité, jusqu'à ce que j'eusse même les dents enracinées à même les nerfs, le nez cabossé, les lèvres émasculées, le visage lacéré, ça n'a été que de ma faute, ~~que de la faute de~~… Non… Pas… Ce n'était pas ma faute si je suis venu dans ce camp… Ce n'était pas mon idée, le puits, ce n'était pas mon idée, la voiture…

    Tout à coup, j'ai eu une pensée que j'essayais de rendre muette, en vain. Quiconque m'aurait vu, aurait inspecté l'abîme de mes yeux y aurait vu comme deux lueurs rougeâtres où régnaient la colère et la fureur qui restaient en moi. Dès lors Thomas a comme été foudroyé de peur. Il m'a regardé l'air apeuré, avec de grands yeux, et tout à coup, il a couru comme un lapin. J'ai essayé de l'attraper dans le noir obscur, je le voyais encore grâce aux lumières qui s'échappaient des néons de la maison, mais, au fil du temps, je commençais maintenant à seulement le discerner, puis à simplement sentir ses pas et à un moment, je ne considérais plus rien que le son qu'il me renvoyait tandis que mes yeux, eux, ne sentaient rien. En dépit de la raison néanmoins, je ne pensais plus qu'à attraper cette bête de Thomas. L'éviscérer jusqu'à ce qu'il me révèle le vrai fourbe qu'il était au fond de .

Mais alors que je le coursais, je me rendais compte qu' avait encore tout simplement disparu, n'était plus là. On aurait dit que j'attrapais ma propre ombre. Et alors, quand je me suis rendu compte que je n'étais que moi, j'ai eu peur. La solitude venait me tomber dessus, car je n'étais que ça : un homme qui courait. J'ai senti toutes mes entrailles me tenailler, mes lombaires, mes os, et j'ai commencé à ne plus supporter la personne que j'étais devenue.

Mais, alors, au lieu de m'avouer vaincu face à **_moi-même_** qui me tourmentait, j'ai senti une vive colère, envers tout le monde, et surtout envers . C'est *lui* qui m'avait abandonné pendant toutes ces années dans la forêt, c'est *lui* et toujours *lui*, qui m'avait fait quitter le lampadaire, c'était *lui* qui m'avait fait venir pour son camping. C'était *lui* le problème, et il fallait toujours éliminer le problème. Alors, j'ai essayé de *le* voir, de *le* prendre, de *l'*attraper, de *l'*étouffer, mais je suis aussitôt tombé comme dans un mauvais rêve : plus précisément, j'ai traversé un trou (peut-être le sol, au fond), et j'ai senti une longue chute me tourmenter, me prendre dans tous les sens pour que je tombe, comme dans une mauvaise blague, celle où il n'y a que l'amorce qui est drôle, et rien dans le texte, dans le thème qui ne l'est. Oui, ce jour-là, je me suis senti comme dans une mauvaise blague, une très mauvaise blague qui irait m'aspirer sous peu dans le désespoir ultime, comme si je tombais

<s>*tombais tombais tombais*</s>
<s>*tombais tombais tombais*</s>
<s>*tombais tombais tombais*</s>
<s>*tombais tombais tombais*</s>

~~tombais tombais tombais~~
~~tombais tombais tombais~~
~~tombais tombais tombais~~
~~tombais tombais tombais~~
~~tombais tombais tombais~~
~~tombais tombais tombais~~
~~tombais tombais tombais~~
~~tombais tombais tombais~~
~~tombais tombais tombais~~
~~tombais tombais tombais~~
~~tombais tombais tombais~~
~~tombais tombais tombais~~
~~tombais tombais tombais~~
~~tombais tombais tombais~~
~~tombais tombais tombais~~
~~tombais tombais tombais~~
~~tombais tombais tombais.~~

~~tombais tombais tombais~~
~~tombais tombais tombais~~
~~tombais tombais tombais~~
~~tombais tombais tombais~~
~~tombais tombais tombais~~
~~tombais tombais tombais~~
~~tombais tombais tombais~~
~~tombais tombais tombais~~
~~tombais tombais tombais~~
~~tombais tombais tombais~~
~~tombais tombais tombais~~
~~tombais tombais tombais~~

Le plomb

I

[Après ma chute, j'ai senti le doux lit de ma maison et mes vieux oreillers remplis de plumes. Je suis resté quelques jours ici. J'ai regardé les plaques de cuisson, le micro-ondes électroménager, et je m'étais dit : ah, je me sens bien ici, tout n'était qu'un sombre et vieux rêve. Mais quand j'ai manqué de nourriture, je suis sorti. C'est alors que j'*ai* vu que je n'étais pas chez moi.][15]

Ma maison était sur une île, de mes fenêtres, je n'avais rien vu de la mer qui nous séparait de tous : elles n'avaient montré que le ciel nuageux. L'île était à une immense altitude du sol, et elle se séparait de tout le reste par de l'eau à perte de vue. Dès que j'ai eu cette vision, je me suis terré chez moi.
    J'ai attendu longtemps avant d'enfin revoir l'extérieur. Je ne voulais pas affronter la réalité, je voulais enfin croire que j'étais arrivé chez moi, que tout ce que j'avais traversé n'était qu'un affreux cauchemar, mais ce n'était que me voiler la face, croire que j'étais parti d'un enfer alors que j'y étais encore. Pourtant, je me suis enfoncé dans cette réalité plus belle où j'étais enfin chez moi. Fut un moment où hélas les miettes de nourriture manquèrent, et où la faim se fit tant ressentir qu'elle tenailla l'estomac si bien que, comme seule

---

[15] Le début a été déchiré du début des pages. Je le retrouvai alors collé entre deux feuilles.

échappatoire de mes soucis, la seule possibilité fut, pour moi, de sortir, pour me changer les idées.

Dès que je regardais ces flots impétueux, sans pleurer, sans même être triste, je me rendis compte que je ne pourrais jamais sortir de là. Et alors, j'ai décidé qu'au fond, cela n'avait pas d'importance : je serai là pendant l'éternité, dans ma maison. J'ai fermé la porte et je suis rentré m'assoupir.

Je suis resté là pendant une dizaine d'années. Ce n'était pas à cause de la peur, c'était seulement à cause de la fatigue et de la paresse. La paresse est un bien vilain péché, c'est à cause de la paresse que le monde ne tournera plus, c'est à cause de cela qu'on ne voudra plus rien faire demain... oui c'est à cause de cela qu'on peut attendre dix longues années qu'un potentiel miracle arrive et nous aide d'une manière ou d'une autre dans nos problèmes.

C'est difficile de savoir véritablement comment j'ai fait pour combler mes journées. Il n'y avait vraiment rien, les placards étaient vides et rien n'était amusant. Durant mes deux premières années, l'ennui paraissant, je dus alors inventer : je comblais ma faim et ma peine en considérant les motifs sur mes murs ; je ne faisais que cela, vu que l'ennui et (sûrement était-ce une erreur de ma part mais passons) la dépression pointaient le bout de leur nez à chaque instant et que je m'étais dit de ne plus être triste ni envieux. Je comptais inlassablement le nombre de fleurs sur le papier-peint mauve qui était installé devant mon lit. Un comptage et un recomptage infini. À un moment, pourtant, où j'étais certain du nombre de fleurs (cinq cent quarante neuf), je me suis dit que je devais arrêter, que ça n'avait aucun intérêt après. J'allais me noyer dans l'eau. Mais alors, je me suis repris, et j'ai compté les tiges (trois cent quarante cinq), et les feuilles (deux mille trois cent sept), et quand j'ai fini de compter et de recompter, j'allais encore déchoir, mais, en fin de compte, je suis allé au fin fond de mes projets ; et j'ai agi sur les choses qui m'environnaient.

En premier, j'ai commencé à scier ma chaise au bout de la troisième année. Au début, j'avais commencé par la table mais, je m'étais rendu compte qu'elle était bien trop dur pour que je puisse même l'effleurer de ma lame, alors j'avais opté pour la chaise. C'était difficile, mais ça allait assez vite enfin. Ma chaise était inutilisable quand j'ai scié les pieds : quand je m'y installais, je ne pouvais même pas m'asseoir sans que mes jambes touchent le sol. Alors ensuite, vu que je ne pouvais plus m'asseoir par le même coup, j'ai commencé à m'ennuyer. Au fil des mois, plus par dépit donc que par vrai ambition d'un but dans cette existence, j'ai commencé et fini par limer ma scie de fortune (un bout de métal trouvé alors dans la tuyauterie) pour qu'il devienne terriblement tranchant.

Et d'un coup, j'ai décidé de commettre un acte ce qui m'était encore inconcevable : scier ma table. À la fin, on aurait pu croire que c'était seulement une table de dînette. Ensuite, j'ai fini par trouver un briquet et j'ai brûlé les pieds. Il y avait beaucoup de fumée. Alors, je le mettais à la mer (qui était nettement plus proche qu'il y a des années). Et puis, quelques années plus loin dans le temps, j'ai trouvé un moyen d'enlever la protection de la gazinière. C'était compliqué d'abord. ***Ils*** avaient bien tout utilisé : colle, vis, clous, etc. pour m'en empêcher. C'était certes dur mais de fil en aiguille, je l'ai enfin dérobée. Dès que j'ai enfin pu accéder à la plaque de cuisson, j'ai essayé de brûler plus de choses, mais ça m'effrayait. Alors, pour compenser, j'ai essayé de faire un trou dans le sol pendant trois ans.

D'abord, j'ai creusé un trou dans le parquet avec les bouts de bois que je repêchais dans l'eau. Un mois pour faire la première éraflure, un an pour faire la première craquelure. Au bout d'un an et demi enfin, j'avais pu faire un trou si grand que je pouvais maintenant creuser la terre. Premièrement avec les bouts de bois, mais de plus en plus avec mes mains. La pile de terre s'accumulait. Je creusais, creusais, avec mes mains, comme un vrai chien. Je ne savais même plus pourquoi je faisais ça. Peut-être pour construire ma tanière (peut-être pour construire ma tombe ?) ou pour oublier cette existence futile où, bien malgré moi, je devenais de plus en plus fou. En tout cas, je creusais. Je creusais jusqu'au sang, au moment même où mes ongles s'arrachaient de mes doigts, et alors je dormais, autant que je pouvais. Même pas dans le lit, pile sur le tas de terre. Je dormais, dormais, jusqu'à ce que j'oubliasse même cette atroce douleur qui s'emparait de mes mains et que je puisse enfin reprendre le travail.

J'avais atteint deux mètres de profondeur ; le trou était si grand que je devais me hisser haut pour remonter à la surface. Mais hélas, c'est aussi à cet instant que j'ai ressenti les premières duretés de la terre. La terre trop molle, pas assez friable, trop humide pour que je puisse l'arracher du sol, trop sec pour que je puisse même espérer de le briser en deux dès lors.

Je n'ai d'abord ressenti que du déni : pendant encore un an j'essayais de creuser puis ensuite la colère est venue et comme un idiot j'ai jeté à la flotte les bouts de bois qui m'avaient permis de creuser le trou et ensuite j'ai continué à insulter le trou et de tous les noms car je croyais que peut-être il allait enfin pouvoir se rendre moins dur et que je pourrais le creuser ensuite ce fut la tristesse car je me rendais compte que ma situation était désespérée oui j'étais désespéré et je n'étais rien d'autre que ça un désespéré alors je me suis couché pendant des heures à regarder le mur avec ce papier-peint en fleur et à dormir et à dormir dans mon lit puis j'ai accepté car je me suis rendu compte que la terre serait toujours aussi dure et que ça ne servait à rien et alors j'ai rebouché le trou avec la terre encore sur mon lit et j'ai arrêté de me débattre à la fin car j'avais l'impression d'être ces insectes coincés dans des plantes carnivores qui essaient encore de se mouvoir pour s'échapper au piège avant d'arrêter tout simplement de gesticuler. J'étais eux, je me sentais comme eux, comme ces insectes en quasi-putréfaction. *Insectes ! insectes ! insectes !* tous des insectes crapulant, gémissant, crachotant, cahotant, mouvant, copulant, grouillant, graillant, grillant, marchant, pénétrant, rampant, nécrosant, putréfiant, gesticulant,

Maman était très gentille, je crois que je l'aimais beaucoup. Enfin, je ne suis pas sûr que « maman » fût vraiment maman, je ne pourrais jamais le savoir en tout cas. On ne demande jamais à nos parents s'ils le sont vraiment. *Maman* en tout cas, je ne lui ai jamais demandé si elle était maman car, j'avais, au fond de moi, l'intuition que c'était « vraiment » maman, car je lui ressemblais, car j'avais les mêmes yeux qu'elle et aussi car *maman* me faisait des chatouilles et que j'aimais bien ça. Après que je me sois perdu dans les bois, on est monté dans les collines, notre père est resté dans la grande maison qu'on habitait avant en bas. Il avait l'air ronchon. Elle était très vieille notre maison. Elle m'a montré du doigt une petite parcelle des arbres. Elle m'a ensuite dit, qu'en fait, ce n'était pas si grand. Puis, ensuite, elle a dit que peut-être, c'était mieux d'aller en ville. Alors, j'ai dit non et elle a compris car elle était très gentille bien sûr.

Maman, ensuite, est allée à la maison et je l'ai suivie. J'aimais beaucoup ma mère. Mais à ce moment-là, je ne l'ai pas beaucoup aimé, je ne l'aimais pas du tout du tout.

Peut-être en colère qu'il faisait trop froid, peut-être que j'étais trop au final, c'est peut-être mieux que je ne m'en souvienne pas. Maman m'aurait sûrement grondé : je me souviens que quelquefois, elle me grondait tellement que j'en pleurais après. Bien sûr, c'est quand j'avais fait de grosses bêtises…. De très grosses grosses bêtises….

Finalement, j'ai essayé de dormir. Pendant longtemps, j'ai essayé de ne rien penser, de ne rien faire. Dès que je sentais la fatigue ne plus m'envahir, je me disais qu'il était mieux de me recoucher. Des fois, quand j'étais fatigué de dormir, j'allais me promener dans le terrain qui émergeait de l'eau. Il se trouvait sous ma maison, et il me permettait, quand je sortais, de ne pas tomber directement dans la mer. Je ne pouvais pas aller derrière chez moi : un pan de montagne surplombait ce coin-là. Je ne pouvais que m'asseoir et voir la mer, la toucher du bout de mes chaussures, et sentir la vive solitude qui m'endormait, et alors, je recommençais à m'assoupir. Je sentais mon ventre vide et entortillé me crier famine, mais je ne pouvais pas ; le seul moyen alors pour y pallier, c'était seulement d'espérer que cette douleur n'était qu'une éphémère sensation disparate. À un moment, je ne comptais plus les heures, car ils me faisaient repenser à mon vrai chez-moi et ça me déprimait ; alors, j'ai commencé à enlever tout ce qui me rappelait même ce qu'était le temps, ce que ça pouvait signifier : j'ai jeté toutes les horloges, les thermomètres, et même, j'ai voulu que le ciel ne soit plus là. Mais, je me suis rendu compte que je ne pouvais plus tout contrôler. Le Moi ne pouvait plus rien.

    Alors, j'ai fini par constamment dormir pour me reposer un instant de ce triste désespoir. Mes rêves étaient plats : je n'avais plus d'imagination, ne pensant qu'à ma solitude même dans ceux-ci. Les seuls palliatifs qui me permettaient encore de vouloir rêver, c'étaient les différentes incarnations que je pouvais avoir de Maman. Ces jours où je me les imaginais, ces scénarios bêtes où j'étais avec elle, je ne me rendais même pas compte que j'étais en dehors du « réel » ni que ce « réel », au fond, n'était rien d'autre qu'un monde parallèle, aussi absurde et stupide que celui où je regardais mon papier-peint floral dix fois par jour.

    Humains que nous sommes, qui avons su comment se débrouiller pendant des milliers d'années, qui se sont habitués à ce que nous soyons les seuls formes « intelligentes » à dominer la planète, ayant pu nous habituer à ce que l'eau soit bleue, que l'herbe soit verte, que le sang soit rouge, que le soleil soit jaune ; humains, tous que nous sommes, nous n'avons jamais questionner si le monde était même « cohérent »... C'est hélas l'un des plus étranges problèmes que nous pouvons souligner au monde : il n'est pas cohérent.

    À présent que je n'étais plus là, dans le « réel », que je n'étais peut-être plus rien de toute façon et que je gâchais mon existence et mon souffle à essayer de vivre péniblement, je réalisais enfin que le « réel » où j'avais été n'était rien d'autre qu'un amas d'absurdités puériles et sans saveur.

    J'avais enfin pu m'échapper de ce « réel » si lointain, si flou et si ridicule, rempli de ces problèmes aussi futiles que ne le sont la couleur de peau, l'orientation sexuelle, la guerre, l'amour, la pollution, les crimes, la pauvreté qui n'étaient rien par rapport à la faim pure et concrète qui m'habitait.

Je me disais : mon monde d'origine est ridicule ! Et plus j'y réfléchissais, plus je me disais qu'il l'était en effet. Au fond, comment pouvais-je qualifier autrement un monde où quelques poignées d'êtres devenus intelligents arrivaient, avec si peu de moyens, à se formuler des problèmes et des conflits ? Et à se tuer pour des broutilles ? Ah c'en était ridicule !... Ridicule... Pas plus, pas moins.

IV[16]

Une nuit, j'ai eu mal, je ne pensais plus qu'à revenir en arrière. Cela faisait neuf ans que je n'avais plus rencontré personne et même la pensée que quelqu'un vive hors de moi me paraissait lointaine. Je me disais que peut-être, je n'étais que Moi, que les autres, ce n'était rien d'autre que la combinaison de ce que je voyais, sentais, touchais et entendais. Mais, sinon, ils n'existaient pas. Puis, j'ai simplement ouvert les yeux. Alors, je me suis vu, Moi et Eux. J'ai vu mon corps, mon esprit et mon âme, là, me regardant. Cette immense silhouette noire était apparue, de nulle part, sans bruit. J'ai voulu réagir, mais je n'ai rien fait, je l'ai simplement vue ; et alors, j'ai senti que sûrement, j'étais dans une

---

[16] Chapitre III brûlé par mes soins : il est impubliable, dégoûtant et dès que ma mémoire se sera enfin débarrassée de ce passage, je serai enfin certain que le monde se portera nécessairement bien (en tout cas mieux que si je ne l'avais gardé)

mauvaise passe. La silhouette m'a regardé un moment, puis, comme dès lors, elle a disparu. J'ai aussitôt fermé les yeux.

Quand je me suis réveillé, j'ai senti qu'elle était là encore, qu'elle me voyait ; elle avait peur sûrement, je ne sais pas en fait. J'ai commencé par ne rien faire car j'étais paralysé, je ne dormais plus que quand mon esprit était tellement affaibli que je ne pouvais même plus rester debout. Je voulais m'enfuir, je voulais ne plus rester dans cette maison où on m'avait retrouvé. Mais un jour, le monstre est apparu, assis sur mon lit, son corps était dégoûtant.

Je n'ai rien émis durant quelque temps. Mais, ma crainte balayée, j'osais une question : « Où… Où est Thomas ? » Le monstre ne bougeait même pas. Il ne sourcilla même quand d'un coup, il me fit sèchement : Thomas est mort. Si bien qu'il me fallut quelque temps pour comprendre ce qu'il voulait donc dire. Ces trois mots semblaient plus étranges que toutes les hallucinations que j'avais pu entendre. Et néanmoins, il continua : Thomas n'était rien, il n'était plus qu'un pion que *tu* contrôlais, et peut-être que ça, c'est sûrement la pire mort qu'on puisse connaître. Thomas n'est plus, Thomas, d'ailleurs n'a jamais été. « Racontez donc ce qui s'est passé !... Où est Thomas ? » *Tu* espères vraiment qu'il n'est pas mort ? Bah !… La vérité reste la vérité… et quoi que *tu* puisses croire ou penser, le faux et le vrai ne peuvent être la même chose…

Enhardi par des sentiments féroces, je ne pus même me contrôler. Une rage et une force m'animaient. Et l'hémoglobine, le sang qui palpitait à mes tempes, le battement de mon cœur en pleine crise, ont encore plus exacerbé cette fureur. Je me suis jeté sur lui, l'ai mitraillé de poings, puis alors, ai basculé la table et l'ai jetée sur son crâne. Je ne sentais rien sinon la colère. Je m'en fichais bien de tout : j'allais peut-être mourir demain, après-demain et, tant que l'ombre, le monstre resterait, il fallait coûte que coûte que je le batte jusqu'à ce qu'il meure. Il me dominait auparavant, j'allais l'assassiner dorénavant. Au bout d'un moment, il m'a fait signe d'arrêter : *Tu* es si faible, a-t-il dit. Et pourtant, j'ai continué, encore et encore et encore ; vaincre ce monstre fut l'une des plus belles expériences de ma vie. L'amalgame ineffable dont le toucher me frissonnait à l'époque et dont, aujourd'hui, je battais coup sur coup la face, de mes poings serrés si fort qu'il semblait du fer, tout ça, je ne l'oublierai jamais. La vengeance ! La vengeance ! La belle vengeance !

Je ne sentais rien d'autre à part mes bras l'emportaient sur lui, à part sa peau que je frappais ; et, à part la douce euphorie qu'on peut sentir dans ce moment-là, lorsqu'on abat une espèce de forme comparable à des torrents de feu et de souffre. Je ne sentais plus rien si ce n'est le sang s'écoulait de ma peau. Je me faiblissais même. Mon nez et ma bouche saignaient abondamment, et j'avais la nette impression que mes tripes allaient exploser ; alors, je me suis mis sur mon lit, et le sang a recouvert la couette avec une vive douleur dans l'abdomen. Là, j'ai compris qu'un affreux malentendu s'était passé dès lors. J'ai regardé la silhouette, mais déjà, elle avait disparu. Son sang était le mien. En le tuant, je m'étais tué. *Comment pouvais-je être aussi bête au point de croire qu'en frappant un être aussi immatériel que cette entité, je pourrais survivre en ne voyant jamais la mort en face ?*

Dès lors, des dizaines de milliards de bouts de plomb arrivèrent comme dans ma tête. Voici que je mourrais.

Et qu'alors, stupide, je restais là, dans mon lit.
Le terrain a commencé à s'effondrer ce jour-là.
Mais je ne pouvais le voir, ni même le sentir. Je suis resté cloué, puant l'hémoglobine séchée, pendant six mois, ne pouvant rien faire à part regarder le plafond en polystyrène. Paresse. Paresse. Encore et toujours de la paresse dans ma vie. Réveil et repos, plus rien après, sinon la mort.

La radio

I

J'ai pu quitter le lit un jour. Le niveau de la mer avait tellement monté et la douleur s'était tellement accrue que je ne pouvais plus différencier la mort de la vie, la paix de la guerre, le bien du mal ; et me lever n'était plus, à cette époque, si douloureux. Ce jour-là donc, je me suis levé et j'ai senti que ma vie allait peut-être changer.

D'abord, après avoir marché quelque temps, j'ai entendu une pression extrême arrivait de tous les côtés : une pression que je devinais même à la plante de mes pieds. J'ai hésité un moment, puis j'ai ouvert la porte. Un flot de marée a aussitôt surgi dans toutes les directions ; la pressurisation de l'eau avait fait en sorte que, pendant une année entière, tout l'océan s'était contracté face à cette porte et que, le jour de ma sortie de la maison, les flots se sont déchaînés, me brisant les reins, me déchirant l'échine, me broyant les côtes. Cela me causa une douleur plus qu'aiguë. Mais, quand l'eau finit par se tempérer en ensevelissant assez la pièce pour faire un brin de calme ici, le sang et l'eau se mêlèrent, me lavant par la même. Le rouge du sang, de l'hémoglobine séchée sur ma peau, présente dans mes draps, cramoisie maintenant, se cumulait alors au bleu de ces flots sauvages, où l'âpreté de la mer, la rudesse des pierres et les algues vertigineuses des abysses exacerbaient encore le froid glacial dans lequel l'eau m'ensevelissait ; mais, au moins, me disais-je, le sang enfin était rincé, lavé, et j'étais enfin propre.

Néanmoins, je le remarquais alors, lorsque les eaux atteignirent ma tête, mes yeux et mon nez, soit que la pièce fut remplie de ces flots du sol au plafond, je commençais alors à sentir enfin ce doux glas, cette douce remémoration du pire fléau de l'homme : la mort. La mort se sent et se prévoit et, je le ressentais, tout en aspirant une des brassées de la mer : j'allais mourir si je ne me retenais pas d'emplir d'eau mes poumons. Ça ne me faisait presque rien, peut-être un frisson, mais, devrais-je donc vous décrire ce frisson qui allait de la plante de mes pieds jusqu'à la racine de mes cheveux ? Un frisson... ou plutôt, oui, une déflagration dans mon esprit, un esprit qui comprenait petit à petit la grandeur et la véritable signification qu'était la Mort, qu'était la Vie, et qu'était le Moi et le Eux. À cet instant, me rendais-je compte, je comprenais que ma Vie avec un grand V, et que ces idées abstraites de la vie et de la mort, d'un instant à l'autre pouvaient simplement disparaître, ne plus exister et que ma carcasse, enfin, pouvait pourrir comme je l'avais tant rêvé autrefois et comme aujourd'hui je redoutais ce moment. Alors, j'ai paniqué, j'ai bougé, sentant la voûte céleste s'approchait, plus grande, plus sombre, sur ma tête et le vide profond, plus immense, plus obscur sous mes pieds. Alors, je me suis dit que dans tous les cas, j'allais mourir, oui, c'était ça le mot : Mourir. J'allais *mourir*. Et que j'avais ces chairs de poule, ce frisson qui allait de mes mains encore froides à mes plaies encore brûlantes ! Sûrement que ces années d'immunité avaient bien eu, malgré moi et malgré mon bon sens et ma mortalité que je croyais s'être perdus, il est vrai, un fond de répit.

La noyade est sûrement la pire mort au monde. Je ne l'ai jamais connue : je ne me suis jamais noyé ; la rivière de mon village était trop protégée pour que je puisse même en avoir l'idée. Mais je suis certain, plus qu'autre chose dans mon existence que sentir l'eau monter en nous, rentrer dans nos poumons, le sentir les remplir, tout bousculer, putréfier les alvéoles, boucher les conduits, c'est pire que la mort par couteau, la mort par regret ; car, plus que ces sensations terribles, la noyade, c'est mourir par la quintessence de la vie, celle-là même qui a tout fait, qui a tout créé, dont les gens doivent avaler au moins une goutte par jour pour vivre : l'eau. Mourir par ce qui t'a permis de vivre depuis si longtemps ; mourir sans pouvoir rien faire à part gémir hasardeusement des plaintes ; mourir, en sentant tes forces t'abandonner, ne plus répondre ; mourir sans douleur. Voilà ce que je pensais de la noyade. Et bon Dieu que je ne voulais pas soutenir cette sensation, cette souffrance étendue dans tout mon corps, dans toute ma psyché, me faisant pourrir de l'intérieur, l'endommager dans le noir affreux de l'eau, dans ce Bleu sans fin ni lumière… Je ne voulais pas me noyer. Et surtout je ne voulais mourir.

Je n'ai pas disparu ce jour-là. Ce jour-là, j'ai pu remonter à la surface, en me rendant compte que ma maison avait coulé dans la mer. Ensuite, après ça, quand j'ai enfin pu respirer, je suis resté un petit moment, essayant de flotter et de ne pas gaspiller toute mon énergie. Mais je me suis rendu compte que je n'en avais plus. Alors, j'ai simplement arrêté de penser car je me suis aussi rendu compte que ça ne servait plus à rien de réfléchir.

Pourtant, je savais qu'il le fallait ; la mer était d'un calme à y faire refléter le ciel (le grand bleu peut être affreusement terne lorsque ne retentit que le silence assourdissant de la mort) ; mais je ne voulais pas réfléchir. Au bout de quelques jours alors, j'ai entendu des voix dans ma tête, on me disait d'une voix langoureuse que je n'étais qu'un gamin. On me disait qu'on devait « m'identifier », ce que je ne comprenais pas. Alors, j'ai pensé que j'étais mort, car maintenant, ce mot me revenait tout le temps à la bouche. Peut-être qu'il fallait ça, que je meurs, que peut-être, vu que je n'avais pas pu être « sain d'esprit », j'irai aller quelque part, dans un coin, dans une grotte, où personne ne pourrait me voir. Oui, la grotte dans le champ, va là-bas et ne reviens pas ! Tu ne sers à rien ! Est-ce que tu as fait autre chose dans ta vie à part tailler ces planches de bois ? Non ? Et bien c'est très bien ! Personne ne veut de tes bricoles de toute façon, tu es ruiné, tu te souviens encore le temps de l'asphalte ? Non ? Même plus ? Tu te souviens de *****, de *******, de *******, de ******, de ******* non ? Dommage, c'est si dommage. Mais qu'importe ? La souffrance, tout le monde la connaîtra, alors pourquoi toi, tu devrais vivre sans souffrir ?

    Je ne pensais plus qu'à ça, qu'à ces voix qui me hantaient jour et nuit, qui me disaient sans cesse que j'étais un être minable, minuscule, et sûrement que je ne servirai à rien. Et, même si c'était faux, la simple pensée de me dire que je songeais à cela me rendait fou. Je devenais fou, et pourtant, je ne pouvais rien faire à part constater ma propre folie qui allait et venait sans que je puisse dire même un mot sur sa conduite. Je ne pouvais qu'attendre qu'elle m'emporte, que la folie me consume de l'intérieur, que mon cerveau converge, diverge, s'atrophie, jusqu'à ce qu'elle puisse tenir dans l'espace d'un dé à coudre.

J'ai pensé à un moment que je servirais pour les gens après ma mort. Peut-être qu'après mon embaumement, on pourrait se servir de moi comme matières premières. Mes cheveux serviraient de tissu, mon visage de cuir, mes yeux d'œillet, ma bouche de pot à crayon. Ma peau de papier-peint. Et peut-être que je servirais. Qui se ficherait bien que je sois consentant ?

Ça faisait des jours que je ne pouvais que voir le ciel, ce ciel qui ne changeait jamais si bien que le soleil me tapait sur le système. L'eau maintenant me gelait, et le soleil me brûlait, et quand je me disais qu'il fallait que je me retourne, je me rendais compte que si je faisais ça, je mourrais de la noyade, car, bien sûr, je n'aurais pas assez d'énergie pour le supporter encore, cette Mort latente.

II

Au bout d'un moment, j'ai vu se dessiner une structure au loin. Alors, j'ai senti l'espoir rejaillir et j'ai nagé, rapidement. J'avais eu la même impression quand j'avais traversé le fleuve pour aller à la ville, la première fois. J'ai senti cette vive chaleur, cette régénérescence de toutes mes forces qui m'inondait, qui activait tous mes muscles et qui faisait que malgré la douleur, je continuais, même si je ne pouvais respirer, même si mes muscles endoloris étaient ankylosés, même si mon état mental laissait à désirer.

Quand j'ai enfin atterri, mes vêtements tout trempés et le ventre creux, je me suis rendu compte que c'était exactement le même endroit au grain de sable près que j'avais parcouru il y avait dix ans de cela, quand j'avais perdu Thomas dans le noir. C'est étrange comme l'obscurité rend les mondes plus effrayants : là où j'avais attendu longtemps avant même d'atteindre l'asphalte bordant le rivage, je n'ai pris que quelques secondes ici à atteindre la route. J'ai marché longtemps ensuite, sans but. Je ne savais ce que ce terrain était. Il y avait à chaque coin de rue, la même maison, presque condamnée, celle-là même où j'étais entré il y avait dix ans de cela. Un pavillon seul, simple, qui changeait si le sol était en asphalte ou en pavé, qui parfois était condamné, parfois été habité, parfois été brûlé par les flammes, d'autres fois, moisi par l'humidité.

Tandis que j'essayais de comprendre cette logique, au détour d'un carrefour, je me suis décidé à revenir dans l'antre de la maison où il parut que j'entendais des cris et des sanglots, mais brouillés par la mémoire. J'allais m'y diriger, j'allais rentrer dans la maison. Je ne savais pas pourquoi, je ne pensais même pas à prendre un casse-croûte ou même trouver un abri sûr, non je voulais y aller, car il fallait que je le fasse. Je ne pouvais penser qu'à ça : le fait que je pourrais enfin comprendre une pièce dans l'énigme mentale qu'était devenue mon existence. Cela faisait trop longtemps que j'avais arrêté d'avoir pour but de rentrer chez moi : je savais que c'était dorénavant impossible ; alors penser seulement que je pourrais accomplir un exploit (si minime fut-il) me vrillait l'esprit ; j'étais fou, je ne cogitais qu'à ça. Mais fou, je savais déjà que je l'étais.

Je me souvenais encore les bruits d'avions, de bureau, du téléphone, ces cliquetis incessants, venant semblait-il, d'animaux ayant imité ces sons, mais je ne me souvenais plus du chemin. La mémoire retient ce qui nous a marqués, chacun le sait. Toutes les formes, les mots, les expressions, les visages, les tournures de m, même troublés, même enfouis, sont là d'une manière ou d'une autre. Vous ne pourrez jamais oublier toutes les violences que vous aurez, toutes les morsures qu'on vous infligera, toutes les douleurs intenses que vous subirez. Dans le naufrage, la plaie se cicatrisera, et vous pouvez parler. Mais jamais, vous ne serez vraiment soigné. Il sera toujours là, ancré dans votre esprit, cette torture qu'on vous a infligée. Et, ce ne seront que ceux-là que vous aurez à revoir, quand passé les moments joyeux, vous serez de retour en enfer lorsqu'il s'ouvrira aux pieds de chacun. Il n'y a rien après la mort sinon le noir, c'est-à-dire l'enfer. Des gens se sont tués avant la fin des guerres et la fin des génocides, la fin des misères et la fin des peines... Ils n'auront connu que souffrance, là dans les flammes et les hurlements des malheurs !... Et donc cela serait le paradis ? Voilà la fin de leur vie dans un cri de douleur, et nous, nous devrions continuer notre existence, espérer là où la leur s'est terminée dans un bain de sang et de désespoir, leurs souvenirs déchus en un seul instant ni glorieux ni héroïque ? Nous devrions vivre en connaissant comment ils sont morts ? Nous devrions espérer le paradis ? L'enfer ? La réincarnation ? Le purgatoire ? Mensonges et mensonges ! Il n'y a que du noir ! Le reste est une baliverne inventée pour espérer en une pensée aveugle, une lueur dans un mot qui ne veut rien dire : *Mort !* Mort dont on ne revient pas, qui emporte les armées et les peuples dans son ultime baiser, sans aucune lumière, sans aucun phare ! Espérons, mais tout est vain, tout est vanité. Tout est stupide, tout est stupidité. Tout est canaille et désillusion ! Tout est rage et aberration !

    Nous devons simplement vivre avec cette épée de Damoclès au-dessus de nous, voilà simplement. Nous mourrons, chacun le sait. Et il n'y a rien à dire de plus. Ce sera la vie pendant une poignée d'année, puis le néant durant l'éternité. Ni paradis ni enfer ! Rien !

Et que faisons-nous ? Nous oscillons. Croyant que la vie est longue, nous pleurons, nous gémissons, avortant nos projets, abandonnant nos rêves, ébauchant nos désespoirs. Crions ! Crions !... N'y a-t-il d'autre projet que hurler au monde ? Et voici, les gens meurent, les gens souffrent et que faisons-nous ? Nous constatons. Certains se battent, d'autres regardent simplement. Mais ce n'est rien qu'une plaie informe dans une espèce de terrible corps souffreteux, amalgame de sensations que nous devons vivre chaque instant. Rien d'autre. Nous sommes coincés dans les ténèbres : plus de lumière, plus de sagesse. Nous pleurons de nouveau, dans des phrases confuses, car nous sommes forts à cela, tous que nous sommes... N'est-ce pas avec ces pensées que j'ai pu survivre lorsque ▆▆▆▆ s'est ******** et que je ne l'ai pas retrouvée ? N'est-ce pas ainsi ? N'est-ce pas ainsi que je me suis rendu compte que, n'importe où qu'elle soit, elle n'avait jamais été là. Peut-être était-elle déjà *****, c'était du pareil au même de toute façon. Ce n'était qu'une voix, qu'une forme, qu'une sensation, rien d'autre. Elle n'est pas *****, ce sont ses caractères qui ont disparu. Rien d'autre. Elle vit ; je ne sais où elle vit mais elle vit. Elle est là, quelque part et je la rejoindrais, un jour ou l'autre, quand mes nerfs seront assez brouillés pour ne plus discerner les rêves des réalités.

III

Ce quartier n'avait aucun sens ; même mes souvenirs ne m'aidèrent en fin de compte. Des chemins qui ne menaient à rien, des falaises dans le néant, des escaliers dans les abîmes. Étais-je dans un rêve ? Non, tout était si grand et si bien mis, qu'on ne pouvait se dire qu'un rêve pouvait être si vivace. J'étais à bout. J'avais faim. J'avais soif. Les forces m'arrêtaient. Je regardais, mais il n'y avait rien. Tout simplement rien d'autre sinon le désastre et l'infini se côtoyant.

Sans repère et à bout de forces, je suis allé dans une de ces maisons. J'y ai trouvé de la nourriture. Deux steaks putrescents. J'avais l'impression en les mangeant que je devenais une espèce de bouillis de soupe ; je sentais mes mains bouillir tandis que ma bouche et mes yeux se liquéfiaient au contact de la viande comme si ce fut une de ces espèces de chaleurs comparables au soleil ou aux étoiles ou bien comme si une étrange broyeuse se trouvait à l'intérieur des deux viandes et qu'en les ingérant, il fallait que je me résigne à ma langue, à mon palais, à mes orbites, à ma bouche, à mes dents et que je sois même heureux à cette abstraction de ma personne et que j'arrête de pleurer car j'avais mal car bon dieu pourquoi il fallait toujours que je pleure et que je sanglote comme les enfants alors que j'avais un toit et de la nourriture pour moi tout seul ? Ensuite d'un coup, quelque chose a changé. Je me suis rendu compte qu'à présent, j'étais soumis à la règle de la faim. Nouvelle contrainte dans l'enfer. Je ne savais pas pourquoi, mais ceci m'a fait plus peur que tout ce que j'avais connu. Savoir que maintenant, je pouvais mourir de faim, je ne le supportais pas, simplement. Cette frayeur que j'eus alors, parcourant à la vitesse de la lumière toutes les parties de mon cerveau du lobe frontal au lobe occipital, jusqu'à terminer à ma peau déjà tremblotante ; cette frayeur dis-je, me fit une peur si sourde que ~~je me sentais l'envie irrépressible de m~~'******* je me sentais l'envie de ne plus en parler mais dès que je mâchais ça, que je sentis une sorte de faim, de sensation au fond de mes boyaux, la douleur fut si terrible, si poignante que je ne pus que *******. Je voulais encore manger, tout avaler jusqu'à ▮ et sentir mes yeux, mes oreilles, mon nez, mon larynx se ▮, ma peau se ▮, et sentir mes dents ▮

Ensuite, j'ai continué au nord-ouest, mais je ne savais pas vraiment si j'allais dans la bonne direction. J'ai poursuivi pourtant, car mon intuition me disait de suivre ce chemin, quoi qu'il m'en coûte ; et je me disais alors que si mon intuition me recommandait cette direction, ce devait être le bon chemin. Pourtant, j'avais tort. C'était à l'est qu'était la maison. Quand j'ai compris cela, après des heures et des heures de marche, j'ai voulu ▮. Mais, je savais que ça ne servait à rien dorénavant. S'il n'y avait personne, à quoi bon cela servait que je **** **** ******* ? Alors, je n'ai rien dit, j'ai juste baissé la tête, m'affligeant de ma bêtise et je suis revenu sur mes pas.

Ensuite, je savais qu'il fallait que je revienne au point de départ, mais j'ai continué par aller directement à l'est, car la fatigue me pesait à l'esprit. Au bout d'un moment, lorsque j'ai fini par être perdu, je me suis dit, pour la première fois depuis longtemps qu'il fallait peut-être que je dorme. C'était bien la dernière chose que je voulais faire. J'étais sûr que si je faisais ça, c'était comme si je me disais : *Tiens, et si j'allais mourir*. Je ne voulais pas dormir, car je savais qu'un être irait me tuer si je commettais cette grave faute, Il allait m'attraper et faire quelque chose d'horrible. Et cet être *me suivait à la trace* : on perçoit toujours les présences, même lorsqu'on ne les voit pas.

Néanmoins, malgré ces pensées terribles, j'ai dormi : il fallait vraiment que je fasse une pause. Je me suis engouffré dans une maison, j'ai verrouillé la porte avec tout ce que j'avais sous la main. Ensuite, j'ai calfeutré toutes les ouvertures jusqu'à ce que moi-même, je ne puisse plus rien percevoir de l'extérieur ; puis j'ai dormi. Ce jour-là, idiot dans l'esprit, je m'étais coincé comme ces serpents qui se mordent la queue. Cet être si terrible et si horrible qui me tourmentait dans mes pensées et mes rêves, c'était Moi et je ne m'en étais seulement rendu compte après m'être enfermé. Déjà, le Moi me faisait souffrir. J'ai essayé durant des jours d'ouvrir la porte, mais je n'y arrivais pas. J'ai commencé à regarder l'endroit alors : la cuisine, la salle à manger, le salon, la salle de bain, la chambre. Maison pourrie, affreuse, aux murs de salpêtre et d'un gris laiteux, aux surfaces comme enduits de ces strates où ne se discernent ni cuisine, ni chambre, ni canapé, ni chambre, ni lit. Autour, du bois, du *faux* bois : contreplaqué horrible à voir, abîmé de chancre, et le reste, tristes mondes à la vétusté toujours plus affligeante. Vu qu'il n'y avait pas de fenêtre, j'ai décidé d'allumer les lumières. J'ai vécu ainsi quelques jours. Cet endroit me dégoûtait dans toute mon âme. Mais, au moins ici, j'ai pu penser (car, il est vrai, je n'ai pas pu beaucoup réfléchir durant ces dernières années, ma personne étant fiée à d'autres lois universelles, à d'autres codes, à d'autres aspects, qui étaient loin de ce que j'avais pu voir ou entendre, je n'étais plus celui d'avant que j'étais, garçon du village, qui traînait dans la rue, qui parlait à ses voisins d'une fenêtre à l'autre. Non, je n'étais plus qu'un esprit de chair spéciale, rangée de système développé, mariné, entraîné, non pas pour un but concret, mais par une sélection naturelle qui avait débuté dès la nuit des temps lorsque que l'eau, le feu, la terre et le vent se sont accumulés et ont gangrené jusqu'à faire développer les premières cellules, développant ce « cerveau » devenu au fil du temps, l'analogie de l'intelligence, cet organe qui n'est pourtant qu'un morceau de compacte viande modelée de fil en aiguille pour permettre à ce qu'on appelle « nerf » de faire développer des « pensées », des « sentiments », base des « actions », des « croyances » ; et au final, de la « vie » – Le cerveau c'est la vie, la vie c'est le cerveau ; rien d'autre sinon cela car, le cerveau peut faire penser, et penser fait cogiter (Quelle beauté ? L'herbe est verte car on croit qu'elle doit être verte, car « vert », c'est ce qu'on a dit qu'était l'herbe, mais si l'herbe était « jaune » depuis la nuit des temps ? Imaginons que la photosynthèse ait plus besoin de cette couleur que le « vert ». Aurions-nous été déroutés ? Je ne le crois pas, on aurait dit « L'herbe est jaune, j'adore le jaune, je veux y aller » car notre esprit ne s'est pas développé grâce à notre intellect, non, elle s'est développée grâce à notre environnement. Le rouge est mauvais, c'est le sang, c'est le feu. Mais le rouge est victorieux, on célèbre sur les morts, avec nos torches et nos lampes ! Le rouge nous attire, on le remarque car ça se voit : le rouge, ça ne se présente que très peu dans la nature. Nous n'en voyons que dans les belles roses rouges ou dans les fraises mûres, les cerises sucrées ou les rouges-gorges chanteurs. Le rouge est bon au final. Quelle contradiction ! N'est-ce pas ça la vie ? Une contradiction sur une contradiction ?) – le cerveau rempli de creux et de sillons aux abîmes toujours plus illusoires et bizarres ? n'est-ce pas cela ? n'est-ce pas la vie pure et concrète ?)

IV

À ce moment, la chaise s'est écroulée. J'ai eu peur à cet instant, ensuite j'étais soulagé : mes divagations s'arrêtaient, je pouvais enfin retourner à mon but. J'ai ouvert la porte et dès lors, j'ai revu le noir de la nuit.

J'ai eu peur un instant, mais je me suis repris car maintenant, je me souvenais du chemin : mes autres sens, plus développés, me suggéraient bien plus vite les chemins à emprunter. Je marchais vite. Je sentais alors un élan que m'apportait cette obscurité. Et enfin, je l'ai trouvée, cette maison illuminée. Oui, je l'avais enfin retrouvée. *Elle était là, éclairée par mille feux, étincelante comme les astres et les étoiles polaires. Sans obscurité, pas de lumières, sans formes, pas de monde. Sans mal, pas de gentillesses, sans médiocrité, plus de perfection. Lumières, ce ne sont qu'ondes, touchers, douleurs froides et aiguës. Elle était enfin là, cachée derrière le noir, mais là tout de même, et je la voyais enfin, logique complexe mais simple, allumant les braises de mes joues et de mon bonheur, lorsqu'enfin, j'aboutissais à la quête du désespoir. Les maladies me rongeaient. Noyez, noyez-vous encore ! hommes désespérés, me disais-je, ce ne sont que des éclats d'océans que vous versez dans le vent ! Moi, j'ai toute la vie, toute la lumière, tout l'éclat du monde à moi tout seul ! J'ai la lumière, le rouge, les cadavres pourrissants, frémissants et les moribonds putrescents de l'âme en moi. Et pleurer ? Qu'est-ce que cela m'aurait apporté ? Apitoiement ? C'est pour les chiens ! Moi j'ai tout et j'ai rien en même temps, je danse dans le noir et je suis éclairé par le monde en mouvement. Voyez, virevoltez, car il n'y aura rien après !*

Et dès que je suis rentré, je me suis retrouvé dans un endroit bizarre. La lumière paraissait plus claire aujourd'hui. Il y avait un ballon vert. Les murs étaient gris. Le sol était moquetté de noir. La table n'avait rien d'entreposé. J'ai revu la porte : je pouvais voir *au travers* maintenant. J'avais *acquis* quelque chose qui m'y permettait. Je ne savais quoi. La sagesse ? Le temps ? La bonté ? Qu'importe, ce quelque chose derrière la porte m'était enfin accessible ; il n'y aurait plus de *vide*.

Lorsque je l'ai ouverte, j'ai cru d'abord voir un débarras. Il était petit comme une armoire. Les murs étaient dans un bois étrange, des craquelures y étaient parsemées, et le vernis ne tenait plus. On aurait dit un placard abandonné. J'ai cru ça, puis, je ne sais comment ni pourquoi, la radio est apparue des murs, celle de ma voiture, projetée comme ça. C'est alors qu'elle a émis :

« Deux corps ont été retrouvés… »

avant de grésiller, encore ; j'ai voulu changer la fréquence car les perturbations commençaient à me déranger. Mais ça n'a pas marché, ils continuaient encore. Encore, et encore. En tournant la molette, d'un coup un son strident m'a assourdi. J'ai cru reconnaître ces cris, ces sanglots. J'ai encore essayé, bouchant mes oreilles, mais ça ne marchait pas, j'entendais de plus en plus. Au bout d'un moment, j'ai cru devenir fou, je voyais des yeux sur le poste, je pensais que la pièce m'attrapait. Le son strident commençait à se répandre partout en crevant mes tympans. Il fallait la casser, sinon j'allais mourir. J'ai pris la chaise dans le salon, et je l'ai explosée contre la radio, j'ai vu toute la mécanique, les fils, les branchements, l'enceinte, l'antenne. La radio continuait pourtant : « 18[17], juillet ; 212 ? °F. cinq six deux un »

---

[17] Première fois dans le manuscrit qu'un chiffre est écrit en caractère propre. On avait alors une répugnance à écrire de cette manière (peut-être une des raisons pour lesquelles on n'a pas attribué d'ordre au récit). Un mot mis en marge vers le Livre 3 dit alors :

Il continuait encore, encore et encore, de plus en plus fort, terreur, malédiction, abstraction de sons imperturbables, cris de Démons, de déchaînés, d'âmes perdues à tout jamais dans l'affreux gouffre profond des tortures, criant et gémissant, hurlant et sanglotant, son et son encore plus distordu, voix de plus en plus rauque et de moins en moins tenable, le cri se répercutait au fin fond de ma tête, de mon âme, de mon corps, et je sentais mes nerfs, mes yeux tremblaient ; et d'un coup, mes oreilles ont bourdonné, bourdonné toujours et encore plus, grésillant, saignantes. Acouphènes, puissants d'abord, sourds ensuite. Dernier son que j'entendis. Les numéros entrent, comme ces vers qui vont et viennent des pommes. Ils gesticulent, rampent, bourdonnent, grouillent là, rentrent dans ma peau et dans ma chair. Alors, j'ai fermé les yeux car maintenant, je ne pouvais rien faire. Je criais et voici que je n'entendais rien. Je criais. Et alors, oui, malgré tout, j'ai dû pleurer. Ensuite, je me suis caché les yeux avec mes mains. J'étais encore un gamin pensant qu'en fermant les yeux, en se cachant dans la couette, on pouvait échapper au croque-mitaine. J'étais toujours aussi stupide. La radio continuait. Il sembla que tout s'éteignait dans ma tête, dans mes yeux, dans mon ventre, dans mon cœur. Puis alors tout s'est arrêté.

« Un chiffre, cela détruirait tout ! »
Bien sûr, cela ne veut concrètement rien dire.

La souricière

I

20/05 : Aujourd'hui, j'ai pu m'enfuir. J'ai pu trouver du papier et un stylo, alors j'écris. J'ai horriblement faim.

23/05 : Ça fait deux jours que je n'ai rien fait. J'ai eu pas mal de problèmes. Le chronoviseur ne marche plus. J'ai l'impression que ça fait une éternité que mon poste est hors-service. Il faut que ça fonctionne. Il faut que ça marche pour quitter cet endroit. J'ai enfin trouvé la brèche : si on arrive à inverser l'espace-temps, on peut arriver à s'y échapper.

29/05 : J'écris un peu à côté. Je crois que ça me dérange un peu de ne plus parler à personne. Mais au final, ça me calme. Parler, parler, au bout d'un moment c'est lassant. Une petite pause, ça ne fait rien de mal ?...

31/05 : Je ne sais vraiment plus où je me trouve. Sûrement que ça doit être quelque part. Je me dis qu'au bout de quelque temps, je vais m'habituer.

21/06 : C'est vraiment bien quand même d'être seul. Au final, l'homme a besoin d'être entouré seulement car c'est la loi de la nature : mieux entouré, mieux protégé. Mais lorsqu'on est seul, on ne se rend pas compte qu'on a besoin de quelque chose. On s'ennuie seulement, mais d'un ennui positif. Je veux dire, il y a bien des ennuis qui sont terribles, mais maintenant que j'ai un but – même si je sais qu'il me faudrait des années et des années – l'ennui que je possède me submerge moins. Ça fait bien longtemps que je n'ai plus vu mon visage je m'en rends compte. Je me demande à quoi je ressemble.

10/07 : Je trouve ça dommage. Aujourd'hui, c'est mon anniversaire. Je me dis que, les autres années, j'aurais pu les fêter si j'avais gardé un souvenir du temps qui passe. Puis je me rends compte que je n'aurais rien fait pendant : j'aurais mangé du rab et je me serais endormi plus tôt. En plus je ne l'aime pas trop, cet anniversaire.

11/07 : Tandis que j'écrivais, j'ai entendu un bruit bizarre. J'ai cru que c'étaient des rats. Mais ce n'était pas ça : il n'y en avait pas. Je me suis rendu compte que même les rats n'existaient plus dans mon monde.

Alors, je me suis levé, j'ai voulu voir, mais il n'y avait personne. Je me suis dit que ce n'était rien. Mais en fait, si, je le sens. On m'a remarqué.

14/07 : Je l'ai revu, il a cassé mon chronoviseur. Je le déteste. Je dormais puis je l'ai vu. Il a tout cassé. Il ne se rend pas compte à quel point c'est la seule chance pour moi de sortir d'ici. Oh, non bien sûr. Lui, ça l'amuse, il se dit : tiens, je vais le casser car j'aime bien casser des choses moi. Ce petit crétin.

17/07 : Un jour, maman m'avait grondé pour une bêtise que j'avais faite, un truc complètement débile dont je ne me souviens même pas. Je m'étais enfermé dans ma chambre et j'avais boudé des heures et des heures. J'avais tout cassé, mes étagères s'étaient écroulées au sol et tout ce que maman m'avait donné de décoration, démolie. Quand elle est enfin venue dans ma chambre, j'avais cru que maman allait encore plus m'engueuler... mais elle n'a rien dit, elle m'a regardé droit dans mes yeux embués de larmes et m'a dit : « Tu vois, mon fils, quand l'eau est bouillante, tu verras qu'on ne peut pas voir son reflet dans l'eau, elle est trop mouvementée pour qu'on la voie.

Il faut qu'elle se calme pour qu'on se voie enfin. C'est pareil avec nous. Si on est trop bouillant de rage, on ne se voit pas et on peut faire les pires bêtises. Il faut qu'on se calme pour reprendre nos esprits, je n'ai pas envie qu'on se tue, j'ai envie que tu comprennes que je t'aime et que si je te gronde, c'est pour ton bien, pour ne pas que tu recommences » et ensuite elle a pleuré... Je me dis que j'aurais dû me souvenir de ça. Je suis désolé maman, de ne pas t'avoir suivi, je suis si désolé, est-ce que tu voudras me racheter un jour ?

25/07 : Moi, je n'ai jamais aimé le ciment. Le béton, je trouve vraiment que c'est quelque chose de creux. Ça ne sert pas à grand-chose, surtout avec ces immeubles qui n'utilisent que ça pour au final faire une sorte de charpente informe. Bien sûr, je me dis que ça devait être bien lorsque les premières personnes qui ont trouvé comment, en mêlant du sable à de l'eau, ont découvert comment on faisait du béton ou du ciment. Tout le monde a toujours un degré différent : on croise au fil de notre vie des gens qui aimeront le béton, de comment on le fabrique et de comment le béton, en étant un matériau résistant, est facile à produire mais aussi un très bon insonorisant et d'autre qui déteste le béton, qui trouve que c'est une honte qu'on ait inventé ça, cet amalgame de roche concassé qui ne ressemble à rien. Mais au final, qu'on aime ou qu'on n'aime pas, le béton restera là. Ça ne change rien qu'on donne son avis sur ça : on ne fait que parler pour ne rien dire. Le béton, qu'est-ce que je m'en fiche ? Ce n'est pas mon problème. Ça ne change rien. Que j'aime ou non le béton, qu'est-ce que ça va m'apporter au final. Là, je vais sûrement mourir ici, dans la dèche et dans la peur.

29/07 : Je me demande s'il est mort là. Peut-être que non, peut-être qu'il me regarde là. Je ne sais pas s'il me regarde. Il doit bien rigoler s'il me voit comme ça. En train de bidouiller des morceaux de ferrailles...[18]

II

Quand la radio a fini de retentir dans tout mon corps, j'ai cru que j'étais mort. Il y avait encore ce néant de couleur, ce vide absolu de tous les sens. Même la faim n'était plus rien d'autre que cette sensation étrange lorsqu'on vous opère en vous trifouillant le nerf cérébral par l'orifice optique, cette sensation lorsque la douleur n'existe plus à ce moment-là, mais qu'inconsciemment, vous la percevez car, en temps normal, vous *devriez* la sentir.

Voilà, c'était ça : je la sentais, car il fallait que je la sente. Mon cerveau ne pensait qu'à ça : croire. Croire que la faim serait là. Croire, qu'enfin, je pourrais mourir. Ça faisait trop longtemps que je ne m'étais senti vivre qu'alors, cette immortalité retrouvée m'énerva plus qu'autre chose. Je ne pensais plus qu'à la perdre car cet enfer irait continuer encore et encore jusqu'à la fin des temps, jusqu'à même que la Terre arrête de tourner et que le soleil explose en des milliers de millions de particules, si je la possédais encore.

Mon cœur battait à s'y rompre quand j'y pensais.

---

[18] Ces mises en abyme peuvent être purement fortuites. Le chapitre et les notes ne sont interconnectés que par une citation du récit à ceux-là. Me disant que les notes pouvaient faire partir du récit, je les ai mis ici (tout en abrégeant les mois pour leur simple numéro).

J'allais rester là, à tout jamais, dans cette abstraction, et je n'irais plus ressentir que peur et misère

Mais tout d'un coup, plus qu'à quelque autre moment alors, la terreur s'est installée, comme des débris fumants dans un espace inflammable. Dans mon cœur, ce fut comme toutes les années et tous les jours de ma vie, multipliés par l'infini et le zéro à la fois. Ça n'avait duré que trente minutes. Douleur existentielle, sentiment fatal comme quatre migraines et cinq neurasthénies, je ressentais l'Alpha et l'Oméga, la naissance et la mort, perdus dans les limbes de l'enfer et du paradis, noyés entre ange et démon, entre fœtus et squelette, vie et mort. Partagé dans deux sentiments effroyables, je souffris.

Après ça, le vide.

Je ne sais à quel moment, j'ai compris qu'on était en mai, et qu'on était le 12. Je devais savoir ça d'un calendrier, d'une horloge, d'une montre, mais qu'importe : enfin, je pouvais noter les jours, les classer et ressentir, au moins durant un instant, le temps s'écouler. Il fallait que je garde ce sentiment de puissance.

Alors, tous les jours, tandis que j'essayais de me déplacer dans l'abîme, je gardais en note les secondes, puis les minutes, puis les heures et les jours qui passaient. Ainsi, le 12 passait au 13 et le 13 au 14… Le temps passait aussi rapidement qu'un train et aussi lentement qu'une agonie. Les 10 ans que j'avais épuisés dans ma maison, isolée sur l'eau, n'étaient plus des années, c'étaient des mois, d'affreux longs mois qui pouvaient se décortiquer en jours, en minutes, en semaines… 10 ans, soit 120 mois soit 522 semaines soit 3650 jours. Combien de temps passais-je sinon dans les autres temporalités ? Deux jours ? Cinq ? Que cela voulait dire que le temps ? Je n'en savais plus rien.

Les jours se déroulaient. On était le 19. Mes peurs et mes constatations étaient de plus en plus incompréhensibles ; 1 jour et 500 ans faisaient pareil. Je me noyais dans mes larmes. Pleure pleure disait maman car c'est bien de pleurer ça permet d'irriguer le sang à ce que j'ai entendu pleure n'est-ce pas que c'est bien de pleurer stupide enfant affreux que tu es bon dieu que je te déteste tu n'aurais jamais dû exister au monde le monde a perdu toute son énergie avec toi tu n'as rien été qu'un enfant affreux n'est-ce pas ce n'est ni maman ni papa qui t'aideront car papa et maman ne sont plus là aujourd'hui n'est-ce pas pourquoi pleures-tu pourquoi cries-tu alors que personne ne peut t'entendre n'est-ce pas enfant idiot gamin sans cervelle espèce de bête affreuse tu n'apprendras donc jamais à

Puis, alors que je croyais aller dans le vide, j'ai senti un mur. Un mur épais : la première sensation que j'avais depuis longtemps. Invisible mais présent – peut-être plus présent dans mon esprit que dans le réel d'ailleurs. Au bout d'un moment, à essayer de trouver une sortie à cet obstacle, j'ai enfin vu la poignée. Elle était juste là, d'un fer immaculé. Je ne savais pas comment je l'ai trouvée. Comme le soleil, son aura était si forte que, même à travers toutes les couches d'antisens, d'abstraction, de vide et d'abîme que mon corps avait disséminé autour de moi, j'étais capable de la ressentir, claire comme de l'eau de roche. Discernant dans l'abîme cette poignée, chromée de zinc et striée de part et d'autre de rayures noueuses, je m'avançais donc. Elle n'était accrochée à rien, semblait-il et pourtant, il n'est pas à s'y méprendre qu'elle était bien là, juste là. Au-dessous d'elle, une serrure à goupille faite en cuivre plaqué or. Si elle était là, me disais-je, ça voulait dire qu'on avait voulu à un moment ou un autre, utiliser cette serrure. Or, je ne savais ni comment ni pourquoi on n'aurait pu, ici. Néanmoins, malgré mes divagations, tandis que j'examinais avec une précision chirurgicale cette poignée, j'ai compris qu'il faudrait dans peu de temps que je l'abaisse et que je rentre dans ce qu'elle me cachait. Alors, j'ai pris la poignée et j'ai ouvert la porte dérobée.

III

Dedans, on ne pouvait voir qu'un grand capharnaüm. Sur les murs, se trouvaient des plans, des notes, des dessins, fruit d'années de recherche et sur le sol bétonné, on aurait dit un champ de guerre : des traces de pas partout, qui tournaient dans tous les sens et dans toutes les directions. À côté de la porte, on avait installé un bureau à tiroir qui semblait être la seule chose « structurée » que cette pièce ait pu contenir. J'ai regardé un moment les compartiments, mais tous étaient vides. Je me rendais compte que toutes les affaires qui étaient auparavant dans les tiroirs se trouvaient maintenant dans la corbeille. Elle débordait d'encre de stylo, de feuilles gribouillées, de pièces de métal électroniques. À ce moment-là, j'ai entendu un bruit de sonnerie d'école, comme un carillon frénétique. Je n'avais pas vu, mais en haut du bureau, se trouvait un mécanisme mural à palette qui pouvait afficher, en plus des heures, des jours et des mois, les années qui s'étaient écoulées. Tout s'était mis à zéro à ce moment-là, sauf la section des années : il s'était inscrit un 28. Je sentais un vague malaise se répandre quand j'ai vu cela. Que cela voulait dire, ce 28 ? Je ne savais pas vraiment pourquoi.

J'avais l'impression de rentrer dans la tanière d'un grand méchant loup. Je sentais cette odeur suintante, senteur macabre de viande dévorée par des dents acérées, que j'humais dans toute la pièce. Elle allait du mur pour s'échapper de la porte, en passant par le bureau. Je ne savais pas d'où ça venait. J'allais aérer quand soudain, j'ai compris que la porte était verrouillée. Je comprenais enfin l'utilité de la serrure.

Durant tout le temps que j'ai passé dans cette grotte, j'ai essayé maintes fois de défoncer cette porte. Mais ça n'a jamais abouti à quelque chose de satisfaisant. Je préfère ne pas en parler. Est-ce que ça sert de parler des buts vains ? Moi, en tout cas, j'ai bien compris que ça ne servait à rien de parler de mes erreurs. Sûrement qu'on peut trouver des thèmes philosophiques à l'acharnement des humains face à l'impossibilité, sûrement que ces thèmes sont très intéressants, sûrement que ça ferait un bon chapitre que j'intitulerais : « La porte » – sûrement oui, qu'une personne se plaindra, se disant que j'aurais dû parler de cette porte que je n'ai pu forcer au bout des nombreux jours consécutifs que j'ai gâché en essayant de la défoncer de toutes mes forces. Mais je m'en fiche, car si je parle de cette porte, c'est *elle* qui aura raison et je ne veux pas qu'*elle* ait raison car *elle* n'a eu raison en rien à part faire de ma vie un cauchemar constant.

J'ai commencé à faire mes recherches au bout de quelques heures. Il fallait que je catalogue tout sinon j'allais me perdre. D'abord, j'ai rangé toutes les notes, puis, toutes les pièces métalliques avant de voir tous les schémas. Mais je ne trouvais rien. Je ne comprenais rien surtout. J'avais le sentiment que je recherchais le projet d'un fou qui essayait, durant ses démences, de voir, dans ce qui n'avait aucun sens, une structure que lui seul comprenait. On me parlait d'un « chronoviseur », mais je ne comprenais pas à quoi il servirait. Les notes, que j'essayais d'extraire du tout ce fatras, pouvaient aussi bien parler d'un sentiment, qu'une méthodologie étrange, que d'un instrument utile pour construire ce « chronoviseur » (que signifiait donc ce mot ?). J'appréhendais lentement ce non-sens. Ça me rappelait ses discussions en cours de maths, que je voyais, gamin, dans le lycée d'à côté. Ils parlaient de cosinus, de tangente, d'équation du second degré, de théorème de Thalès. Je ne comprenais pas ça, alors je comblais les trous avec ce que j'avais. Bien sûr, ça me donnait une idée fausse de ce que ces principes étaient véritablement. Mais, au fil du temps, de mon apprentissage, je déchiffrais, j'apprenais, je me disais que ce point-ci était lié à ce point-là. Qu'au final, tout avait un sens, que les mathématiques n'étaient qu'un vaste principe logique. C'était la même chose avec ces notes. Les schémas se connectaient aux brouillons dans un principe compliqué mais indubitablement logique. Une vraie mécanique impeccable, si bien que je me demandais comment on avait fait pour créer ce langage logico-mathématique avec des lois si peu fiables que celles qui régissaient ce monde – celles-là mêmes qui me paraissaient bien trop compliquées pour qu'on puisse même y faire plus qu'un radeau ou un feu. Mais malgré ça, cette structure que je comprenais bon gré mal gré, je ne pouvais rien faire. Les pièces que je trouvais dans la grotte étaient tout autant disloquées que déformées, comme si toutes avaient été arrachées de force à l'œuvre.

    Je savais qu'il me faudrait un temps infiniment long pour tout assimiler, mais quelque chose au fond de moi m'apportait une confiance que seul un dément complètement détraqué pourrait comprendre. Je commençais par faire le boulot. J'inspectais plus en détail les notes.

IV

1/08 : L'absurdité de la vie est terriblement compliquée à comprendre. C'est un jeu. Un jeu sans but. Un jeu terrible des fois qui n'est pas du tout marrant. Un jeu où la peur peut nous tordre de douleur. Un jeu sans grandes ambitions, régies par des bonheurs instantanés qui s'effacent dès qu'ils sont possédés. Quel triste jeu ! au final. Ça fait longtemps que je m'en suis lassé, de cette guerre incessante contre l'ennui et le bonheur, car je me suis rendu compte que ces bonheurs ne servaient à rien à part peut-être duper ce qu'on appelle la mélancolie du temps qui passe. Faut-il en faire une ode ? À ces bonheurs incessants ? Je ne le sais pas. Faut-il en faire ? Au temps qui passe ? Sûrement que l'incertitude a mieux à faire que de penser à ça.

7/08 : J'ai pu le reconstruire.

10/08 : Il manque une pièce.

20/08 : Je ne veux pas mourir, s'il vous plaît, je ne veux pas mourir, pourquoi maintenant ? Pourquoi aujourd'hui ? Ça doit bien être ça. Je savais que l'eau ne devait pas bouillir, je savais qu'il fallait ne pas y aller, je le savais. S'il te plaît maman, aide-moi, s'il te plaît, ne m'oublie pas comme tu t'es oublié cette douce nuit, cette nuit après qu'on a été allé dans la forêt, je ne veux pas, je ne veux pas. Pourquoi ? Pourquoi tu as fait ça ? Je te déteste. Je ne t'aime pas. Je ne sais pas. Sûrement qu'il était là. Sûrement que je ne sais pas vraiment. Qui veut se remémorer des souvenirs qu'il a voulu oublier ?

30/08 : J'ai tout détruit. J'ai tout cassé. Je comprends qu'en fait, même si je ne peux rien faire, lui, le pourra, car il est dans une dimension telle qu'il le peut.

V

Le chronoviseur – je l'appris durant les deux premiers jours, pendant que j'étais en train d'éplucher tous les schémas et notes de la grotte – se composait de beaucoup de systèmes aussi divers et variés qu'intrigants et compliqués qui, néanmoins, si l'on voulait le schématiser de la plus simple des façons, se résumaient en trois éléments très simples : un poste, un routeur et un actionneur. Je ne comprenais pas. Je savais très bien ce qu'étaient ces trois éléments, mais dans ce que je voyais, cela n'avait aucun rapport avec l'image mentale que je me faisais d'eux, si bien qu'au final, j'avais l'impression étrange mais claire, que tout ça, cette logique implacable, n'avait tout simplement aucun sens, que tout ce que je voyais ou entendais n'était seulement qu'une vaste et stupide plaisanterie de cet univers envers mon esprit déjà troublé par ce monde de fous furieux. Mais non, c'était juste la structure de ce monde qui était en dehors de mon champ de compréhension : je ne pouvais comprendre car je ne pouvais même pas me représenter ma perception de mon être pouvant songer qu'un poste de télévision pourrait servir de mécanisme vers un objet plus performant. Ça ne voulait tout simplement rien dire à part un charabia de mots aussi bien inintelligibles qu'irrationnels écrits par un détraqué. Néanmoins, même si je ne comprenais pas, je me décidai à me mettre à l'ouvrage. L'espoir rejaillissait par-delà même la possibilité de concevoir une sortie. Je ne songeais même pas à quoi j'espérais au final. Sûrement que je croyais que, si je suggérais assez fort que quelque chose marcherait, cela arriverait. Le fait est là : les gens les plus ambitieux ont toujours, par leur foi à l'*espoir*, une finalité à ce qu'ils entreprennent. Même régie par des lois aussi absurdes que celles dans lesquelles j'avais pataugé des années et des années durant, je savais que cette possibilité de « réussir » allait nécessairement m'arriver, car il le fallait, parce que sinon j'allais devenir dément et ma perception sensorielle et visuelle irait se brouiller et toute la vision que j'avais même fait de ma « dimension » allait s'éteindre, petit à petit, se décomposant en formes abstraites jusqu'à ce que je ne comprenne plus que d'abord des touches de couleurs, puis ensuite des touches de nuances et puis un simple vide gris. Non, non, non, je ne voulais pas de ça. Qui ne veut pas devenir fou ? Tout le monde !

Si la peur de la mort terrifie, sûrement que les brouillons d'un condamné attristent.

Je comprenais bien que ce n'était qu'un simple humain qui avait fait ça. Les schémas, aussi impeccables soient-ils, faisaient amateurs. Pourtant, je sentais quelque chose de professionnel. Je me suis dit qu'on avait sûrement décalqué d'autres choses, ces papiers et qu'on n'avait pas pu les inventer. Mais, à un moment, je me suis rendu compte que ce qu'on avait copié, c'étaient des schémas de poste de télévision, de routeur téléphonique et d'autres mécanismes qui existaient dans notre monde. J'ai voulu pleurer. Je sentais que j'allais mourir. Il y avait bien une raison pour que la poubelle soit remplie, que les tiroirs soient vides, et que tout un bazar remplisse la pièce. Mais quand je me suis suggéré cette idée, que ma mort arriverait incessamment, je ne voulais même pas la croire. Non, j'allais sortir. Il fallait que je sorte, sinon ma démence allait prendre le contrôle de mon esprit. Et je ne le voulais pas. Je voulais juste voir ma maison, comme elle était, non pas comme je me la représentais, ni comme ce monde voulait qu'elle soit. Non, je voulais la voir, une microseconde dans un océan de temps même. Et en me disant ça, en me disant que j'arriverais à partir, cette pensée arrivait à m'attirer telle une mouche sous un lampadaire. Cependant, comme eux, je tournais en rond.

Je ne savais pas construire ça, ce chronoviseur. J'ai poiroté longtemps. À ce moment-là, j'ai commencé à creuser les murs. Je ne savais pourquoi, mais je sentais qu'il y avait quelque chose de caché. Je creusais de plus en plus, ne savant pas si je pourrais un jour trouver un trésor enfoui. Mais ça tuait le temps, alors je continuais malgré moi. Puis, un jour, encastré dans le mur, se trouvait une note. Au verso, des instructions précieuses sur comment construire un poste, puis comment le brancher précisément afin de l'emboîter dans un chronoviseur. Je ne pouvais pas le faire. Il fallait un poste cathodique et je n'avais même pas de tube cathodique, ni même d'écran, alors j'ai creusé encore plus. Au final, au milieu d'une cavité percée par l'un des mystères les plus inconnus que j'ai pu connaître, j'ai pu trouver le poste cathodique, comme ça. Et, bizarrement, même si elle n'était pas branchée, j'ai pu l'allumer. Elle neigeait. J'ai été scotché par ce spectacle car, oui, cela faisait des années que je n'avais pas vu un écran comme ceci. Ça me paraissait fou. J'ai remarqué, à cet instant-ci, que les plus grands bonheurs se trouvaient toujours lorsqu'on n'en avait jamais connu. Cet écran, c'était pour moi, une passation à l'ennui : enfin, je pouvais faire autre chose que de regarder les murs bétonnés de cette grotte humide. Et, même si le bruit blanc me détruisait des oreilles déjà percées, je l'appréciais comme si j'avais entendu la neuvième symphonie de Ludwig Van Beethoven. C'était une accalmie dans ce brouillard épais qu'était devenue ma vie. Et l'image ! Ah, que c'était beau ! Cette neige, cette grisaille, cette valse des nuances ! C'était d'une beauté somptueuse ! Les cases se mélangeaient, se distordant aux limites de l'écran, dans un hasard qui en devenait poétique. Ce hasard, régi par des lois suprêmes qui nous contrôlaient, et qui, par leur souverain contrôle de tout ce qui ne peut pas être soumis, nous font devenir comme des pions sur un échiquier, des dames sur un damier, des jetons sur un tapis de poker, et des ondes sur un poste cathodique.

Je devenais fou. Je devenais fou et je n'arrivais à rien sans m'en rendre compte, j'étais bloqué dans une psychose qui ne terminait jamais.

J'ai bien eu du mal, dans cette grotte à tout faire. C'était compliqué. Mais le bruit blanc de la télé m'aidait à me concentrer. Je pouvais me dire : j'entends donc je suis conscient. Sûrement que c'était faux. Sûrement que ces ondes n'étaient que la représentation que je me faisais du bruit : un brouillon diffus de sons impossible à comprendre. Mais ça m'aidait. Le routeur a pris un mois à être fait. Les schémas expliquaient à quel point les ondes du fer (créées par l'oxydation produite naturellement quand le métal est au contact de l'air) permettaient ainsi de pouvoir créer comme un « pont » entre les espace-temps qui, avec le récepteur du poste, pouvait, sur une chance de 1/18600121 (cent quatre-vingt six cinq cent vingt et un), arriver à une chronologie passée, m'aidant, grâce au routeur, à pouvoir suivre l'onde sinusoïdale du temps en une durée éclair. Je ne comprenais rien mais je faisais. Je construisais le routeur. On ne s'intéresse jamais à comment les objets sont faits. Qui a déjà construit le mécanisme d'une télé artisanale ? Déjà : « *Télé artisanale* » ! quel groupement de mots sans sens ! Il y a bien des couteaux *artisanaux*, des savons *artisanaux*, des jouets *artisanaux*, mais il n'existe pas de « télé *artisanale* » Qui en a déjà vu ? Non, ça n'existe pas. C'est comme ces pensées ubuesques qu'on a quelquefois lorsque l'on croit que des géants sont cachés dans les montagnes ou que des nains nous volent quand nous sommes seuls : c'est absurde.

    Un jour j'ai perdu les balbutiements de mon chronoviseur, comme ça. Je me suis couché, et il avait disparu. J'ai été bien surpris de ne pas le voir au premier instant. Mon mécanisme, si perfectionné soit-il pouvait disparaître ainsi ? Puis, tous les jours après cette disparition, j'ai entendu des sanglots. Je ne savais pas d'où venaient ces sons, je ne savais pas aussi comment je pouvais les entendre. Je ne voulais pas le savoir au fond. Je ne voulais rien savoir. Je ne voulais pas savoir comment j'étais arrivé là, ni savoir quelles forces ineffables avaient pu me faire cette infamie, ni savoir d'où venait cette *silhouette* ni d'où venait Thomas. J'étais noyé dans un océan de questions avec des réponses que je ne voulais savoir. Est-ce que ça aurait été différent si j'avais su plus de toute façon ? Non. Sûrement que j'aurais atteint, avec ces connaissances, un niveau d'existence qui aurait saturé mon esprit déjà embourbé dans un conglomérat d'idées informes et stupides ; mais quoi qu'il en soit, je les entendais. Ils commençaient à décupler la folie, déjà engrenée par cette fichue monstruosité qui oscillait dans mon esprit et mes viscères, ce ver que je sentais même si je ne voulais pas le sentir car les sensations avaient engendré cette horreur qui nous fait voir ce qu'on ne peut discerner sans vraiment le comprendre, cette horreur qu'on aperçoit mais qu'on ne comprend pas, qu'on rejette, qui nous dégoûte et, avec lequel, on le sait, on pourrait vomir car cette horreur nous laissera une trace indélébile dans notre esprit. Ce ver était la quintessence de cette horreur ineffable que même les plus grands malades ne voudraient pas ingérer sous aucune condition. Mais voilà qu'elle était là parce qu'aujourd'hui, je l'avais depuis longtemps, même avant que je ne rentre dans ce monde, avant que je ne rentre dans cette forêt, avant que je ne sois obligé de nager au fond d'un fleuve, avant que je ne sois obligé de nager, à bout de force, dans l'océan pour survivre. Oui, cette horreur, elle avait été là ; elle n'était pas arrivée avec la radio, elle était arrivée bien plus tôt : je l'avais juste oublié car, bien sûr, le ver ne voulait pas qu'on s'en souvienne.

    Mais il était là, plus atroce que jamais, et les sanglots ne faisaient que le déclencher : les sanglots déclenchent toujours ce que l'âme, trop pétrifiée pour réagir, ne peut comprendre.

    J'ai vécu longtemps, recroquevillé sur les murs, à attendre et à prier désespérément que ma machine revienne. Je priais du fond de mon cœur que le Sacré Saint-Esprit écoute mes revendications. Mais Il ne les a jamais entendues. Sûrement car il était méchant, sûrement car il ne me voulait que du mal.

    Un jour, j'ai revu le chronoviseur qui, hélas, était complètement détruit. Je les détestais, ces êtres venus d'on ne sait où, qui agissaient pour le Malin en personne (mais le Malin n'est-il pas suppôt de Dieu ? Satan n'est-il pas l'un des amis les plus proches du Seigneur ? Lui qui a créé la lumière et les ténèbres ? Satan a lu la Bible, Satan a su les souffrances du Christ et est venu lors de sa mort « Derrière la croix se trouve le Diable » n'est-ce pas ? et les grands vertueux ne sont-ils pas les êtres les plus infâmes que ce monde n'ait jamais connus ? _Ne suis-je pas l'être le plus infâme de ce monde ? ~~Ah malheur ! Sachez m'aider glorieux pénitents, martyrs et grands êtres dénués de fonds, déséquilibrés, vacillants dans les malheurs et les maux du~~_) qui ne savaient faire que du mal aux plus faibles et se prosterner devant les plus forts. Je les détestais, mais je devais m'activer car je devais y aller.

Il fallait que j'y aille alors, je l'ai reconstruit, à la sueur de mes bras. Ce fut long. Très, très long. Si long que sûrement, même faire une maison sans autres outils que ses mains aurait été moins monumental. Un temps immesurable malgré l'horloge à palette. Et, il serait dommage de tout citer, car en vérité, ce n'est pas très passionnant de parler de reconstruction. Ce n'est simplement que des vis qu'on réassemble, des bouts de métal tordus qu'on replace, des systèmes qu'on répare.

Sûrement que j'ai beaucoup pleuré durant cette époque, mais sûrement qu'aussi, j'ai rigolé, non pas parce que c'était drôle, mais parce qu'il y avait un trop-plein de stress en moi, que je ne pouvais que décharger ainsi cette fureur, cette colère qui bouillonnait dans mes capillaires, tandis que j'essayais de comprendre par exemple la science complexe qui se cachait derrière un poste de télévision, derrière un routeur. Je riais. Je riais de tout. Des machines vrombissantes, des bruits infernaux qui imbibaient chacun de mes organes dans les démences. Modules coupés. Câbles fondus. Récepteurs brûlés. Je criais.

Mais j'espérais.

Un jour, je réussis donc. Je l'aimais. Mais, dès que j'ai essayé de le faire fonctionner, il ne répondait pas. Je ne compris pas. Je ne savais comment faire. Pendant un jour, j'essayais de voir. Il manquait la pièce essentielle en fait : un câble qui connectait le poste aux autres mécanismes, dont le routeur ; et qui pouvait enfin démarrer la machine. Je ne savais pas où il était. Ça me frustrait, que ce chronoviseur, posé là, n'était pas capable de s'activer. C'est comme si je n'aurais pu fermer une porte quelconque car une simple déformation de la clé faisait que je ne pouvais tout simplement pas la rentrer dans la serrure. J'ai essayé de m'enfuir de ce vaste bazar mais la porte était encore fermée. Alors, j'ai creusé le mur avec tout ce que j'avais encore : mes mains. Je l'ai troué, parcelle par parcelle, jusqu'à même sentir mes forces me peser, puis, tout à coup, je sentis comme un *espace*, oui, comme si enfin il y avait quelque chose ici, dont je ne pouvais même pas savoir la provenance car j'étais incapable de voir ce qu'il y avait derrière ce mur. Alors, je l'ai fait, mes forces multipliées par deux, et alors, j'ai trouvé, un petit trou au ras du sol. C'était un trou à rat. Dès que j'ai pu le voir, je m'y suis enfoncé aussi bien que je le pouvais. Je suis rentré et tout à coup, je l'ai vu : Thomas. La *silhouette* avait bien raison au final : il était mort.

  Je n'ai rien dit à ce moment. Je le regardais. Livide. Sûrement que c'était pire que la mort, oui. Sûrement que ça, c'était pire que tout. Il tenait au creux de sa main, enfoui derrière une importante couche de poussière un carnet étrange, il y était inscrit : « 20/05 : Aujourd'hui, j'ai pu m'enfuir. J'ai pu trouver du papier et un stylo, alors j'écris. J'ai horriblement faim. » À la dernière ligne, il disait : « 30/08 : J'ai tout détruit. J'ai tout cassé. Je comprends qu'en fait, même si je ne peux rien faire, lui, le pourra, car il est dans une dimension telle qu'il le peut. » Sûrement que j'avais senti en moi une haine envers même ce qu'était ce monde qui avait osé le tuer sans moi. Je me suis dit, quand je l'ai vu, blanchâtre et pourri telles ces mouches putréfiées par le temps : *qui j'étais au fond : étais-je le pire des idiots ou le plus divin des dieux ? Mon immortalité était-elle un signe de puissance ou un signe de malchance ? Une pluie dans une belle journée d'été, un assombrissement dans une éclaircie, une feuille morte dans une jeune pousse d'arbre, j'étais ça peut-être, par bécarre et par bémol : l'exception qui confirme la règle de la mortalité. J'étais bien le seul homme qui ne puisse pas aimer ce concept que l'humanité, pourtant, voulait posséder. J'avais pu goûter à l'élixir de jouvence, au fruit de l'Arbre de la connaissance, à la pierre philosophale et je n'étais pas heureux pourtant. Je n'étais qu'un fier imbécile au fond. Pourquoi je voulais ma propre mort ? Je ne le sais pas.* Je fus alors dégoûté du corps de Thomas, cadavre purulent qui semblait montrer ma propre abomination. Il était aussi impeccable qu'auparavant. Hélas, il n'y avait qu'un abîme profond et éternel dans ses yeux. Je l'ai retourné, et j'ai vu le câble, caché derrière lui. Je l'ai pris et j'ai hésité un moment à prendre le carnet, puis je me suis rendu compte que le trou de souris était bien trop petit pour que je puisse même le porter, alors je suis sorti comme j'étais venu – la logique n'avait de sens que si on en trouvait (ce que je n'ai jamais pu faire) – sans le carnet.

Le feu

I

J'ai branché le câble. J'ai examiné un moment cet endroit, que peut-être, j'allais ne plus revoir, ces inintelligibles pièces venues de je ne sais quelle époque et ce bureau en bois verni et alors, j'ai activé le chronoviseur, le stress me montait, mais l'excitation encore plus.

La pièce a commencé par bouger étrangement, puis tout à coup, je me suis vu sous une autre forme (forme aussi spectrale qu'affreuse, ignominie que je voyais enfin après des années) : je gesticulais à la vitesse de la lumière, bougeant mes bras et mes mains (décharnés par la crasse, la purulence de milieux marécageux, dégoulinant de mort et d'abîme, obscur et sale) dans le même espace que ce que je voyais.

II

Le chronoviseur, je le remarquais, n'était même pas détruit (j'ai senti un haut-le-cœur tout au fond de moi). Le temps a fini par ne plus devenir qu'un spectre profond, et j'entendais encore le clic de l'horloge murale lorsque les années s'écoulaient : il était maintenant inscrit vingt sept (*27*

```
n'est-ce pas
la mort
du        p
no            u
mb-              r
re                  e
da-                      ?
ns              Je vous le demande, moi qui
son          n'ait jamais vu de mort, des tourments
ess-         de choses avec lesquelles j'aurais pu
en-          avoir de peine, oui, 27 n'est-ce pas un
ce                  nombre          impur ?
)
```

Après quelques longues minutes, j'ai vu Thomas revenir du mur (scélérat venu me hanter même après son ultime destruction, chef d'œuvre d'un monde en pleine perdition). Il n'y avait tout simplement pas de mur avant (ce mur s'était construit par la poussière qui avait enseveli l'endroit comme les nécrosions avaient enseveli mon esprit). Il était resté dix ans ici, à écrire ces machinations. Le chronoviseur tournait à une vitesse hallucinante, toujours plus rapidement (vitesse dépassant le son, la lumière, et toute autre vitesse qui est supérieure à cela). L'horloge reculait. Thomas devenait plus flou à mes yeux, et les notes aussi ; le poste de télévision m'a alors assourdi de plus en plus (d'un bruit aussi violent que si trente volcans étaient rentrés en effusion à côté de moi) le routeur calculait à une vitesse surdémentielle (que calculait-il au fond ?). Les secondes étaient, au bout d'un temps, l'image d'un mois puis d'une année. Puis, un moment, Thomas a tout simplement disparu. Puis, tout à coup (en cinq secondes et quatre dixièmes), l'horloge disparut tout simplement, le bureau devint sale, les traces d'une voiture apparurent et les cartons, qui n'étaient pas là auparavant, se multiplièrent. Les étagères se remplirent d'outils de bricolage et de vélos, et les notes complètement fumeuses devinrent de simples notices d'équipement qu'on aurait jeté directement après les avoir lues. Puis tout à coup, alors que je ne retenais plus rien (de cette machine et de mon esprit dément), que je ne voyais plus que l'image que m'envoyaient mes yeux sans comprendre ce qu'il se passait vraiment, toute la fulmination s'est alors arrêtée. Tout devint aussi net que la mer (le chronoviseur avait disparu, d'ailleurs). Je vis alors, qu'au lieu du vaste mur, était apparue une porte. Elle n'était pas verrouillée.

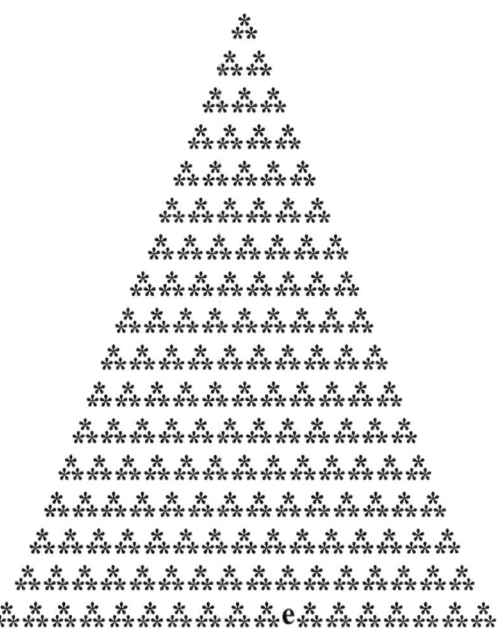

Nous étions 28 ans auparavant.

Tout était vide. Il n'y avait personne cette nuit-là. Il n'y avait sur la table à manger qu'un gâteau presque mangé, des chapeaux pointus et des confettis qui s'étaient éparpillés au sol ; au mur se trouvaient des ballons. On y avait inscrit : *Joyeux anniversaire*. Les autres pièces étaient vides. La télé ne marchait plus. Le téléphone ne marchait plus. Rien ne marchait plus. Il n'y avait, comme son, qu'un cri sourd qui venait de la cuisine. La porte était fermée.

J'avais tendu l'oreille et j'avais entendu des bruits, des appels stridents, des gueulements rauques, des sanglots, des plaintes, des pleurs, et des cris de douleurs, d'agonie. J'aurais pu rester là, à affronter ce qui s'y cachait mais j'avais eu bien trop peur pour même penser à cela. Je m'étais caché en fermant les yeux, en pensant qu'on ne me verrait plus.

Tout s'était alors évanoui dans la nuit.

J'étais remonté. La porte d'où étaient les cris se trouvait ouverte. J'y étais entré.

Sur la gazinière, il y avait encore un feu, il était bleu. Dans la cuisine, tout avait été sali par du sang croupi. Ça sentait comme un abattoir. Les murs jaillissaient de sang. Les tableaux ont été recouverts de ça. Et sur la gazinière, sur le feu, en plus de la plaque, j'avais vu le reste d'un morceau de chair.

La *silhouette* m'avait rejoint. Elle était encore morte, elle aussi, plongée dans une mare de viscères. Je me suis sentie mal en la voyant, inondée de boyaux. Elle était complètement immobile là. Elle m'a susurré : C'est ici que *tu* es mort...

Je ne comprenais pas. J'ai essayé de le regarder. Il a continué à parler : *Nous* sommes tous morts ce jour-là. *Nous* avons cru que *nous* étions vivants, mais la vérité, c'est que rien n'est devenu la même chose après ça. *Nous* avons voulu croire que tout allait, que la vie était belle, mais au fond de *nous*, coincé derrière une couche de noirceur et de débris superficiels, se trouvait ce jour où, caché dans l'asphalte, *nous* avions tout vu.

Je ne sais pourquoi, j'avais envie de pleurer ou de fuir. Mais je n'y arrivais pas, car la peur m'avait obscurci ces possibilités. Crois-*tu* encore me berner ? *Tu* as essayé de ne pas avoir d'émotion. *Tu* as essayé de ne plus avoir d'empathie... *Tu* as essayé de ne plus avoir peur, mais, *tu* sais très bien que *tu* ne peux que pleurer. Regarde-toi... Regarde-toi... Regarde-toi...

Je n'étais plus rien. Il a continué : *Tu* ne sais même plus comment tu t'appelles, n'est-ce pas ? Moi, je sais comment... Je sais tout de *toi*... Je sais tout de ce qui est arrivé le 10 juillet, vers 22 heures, il y a plus de vingt ans... « Arrête s'il te plaît... S'il te plaît », ai-je fait.

Le monstre alors, s'est transfiguré. Au lieu de ce visage sombre et sans nez, cousu à la manière des poupées, se trouvait mon visage. Ses jambes étaient enveloppées de ma chair, et de mes habits, son torse aussi. Je me voyais enfin comme je me ressentais dans mon âme : mort.

Tu t'appelles Ch*****, n'est-ce pas ? « Oui. » Pourquoi as-*tu* renié ton prénom ? « Je ne sais pas... » Menteur... J'ai baissé la tête. J'ai baissé les yeux, et alors, il a continué à me fixer. Il s'est levé et alors, il a continué :

Je sais très bien que tu ne veux qu'oublier cette nuit... *tu* n'as pas lu les journaux, *tu* n'as pas entendu la radio, mais *tu* as éteint la télé et la gazinière, *tu* as tout fait... *tu* as fait tout ce qui était possible pour croire que c'était faux, que ce n'était que ton imaginaire, mais au fond, tout ce que *tu* as voulu orchestrer, ces fuites vers l'imaginaire et les illusions, n'ont servi qu'à te berner assez fort pour t'aider à croire que ta vie était aussi vide que celles des autres... Alors, tu es devenu la silhouette, la vraie... n'est-ce pas ?... « Oui... » *Tu* voulais tout oublier de ce 10 juillet, là où tes parents t'ont dit d'aller avec tes amis pour te faire oublier que tu avais fait quelque chose d'horrible... *Tu* as cru que tu irais à la ville ? N'est-ce pas ? *Tu* as cru que tu y vivrais enfin ? *Tu* as tant cru que *tu* t'es fait une autre réalité où tu y étais allé... Mais *tu* as aussi cru que tu étais resté ici, dans le village... *Tu* as préféré te berner au lieu de voir ce que *nous* avions tous vu... Alors *tu* es allé partout ?

Le désespoir

I

Il m'a semblé un instant que ce que j'avais cru n'être qu'un grand mirage était au fond ce que je redoutais le plus : ma propre désolation... Hélas, ce fut un de ces cas où l'âme ne peut être réparée que par le soufre, la mort seule qui sait ? L'ombre me regarda longuement, et aussitôt, me visionnant avec mes propres yeux, ces yeux qu'il m'avait volés, il soupira. Alors, à cet instant, sa peau se disloqua, ses membres se tuméfièrent et je vis sous sa membrane voulant imiter ma peau un conglomérat de viscères en plein déchaînement : tout fondit. Ses yeux s'écoulèrent de leurs orbites. Son sang afflua sur le parquet. Il dit entre ses dents ce seul mot : Mais *tu* n'es jamais allé nulle part que dans ton esprit. Il ne resta plus de lui qu'une flaque.

Je restais encore des jours et des jours dans cette nuit affreuse, regardant mon reflet dans la fenêtre. J'étais devenu la silhouette. Je n'étais plus rien maintenant qu'une ombre parmi les ombres, plus rien d'autre alors que ce que j'avais toujours voulu être : rien.

Le désespoir m'envahit de toutes parts, car je sentais la maison, cette maison dont j'avais toujours voulu m'extirper, je la sentais m'agripper dans cette nuit où j'avais demandé pour la première si j'avais pu disparaître. Je suis parti, mais dans le noir, il n'a semblé que rien n'était discernable. Je suis resté longtemps, à ne devenir qu'un abîme. À ne plus être rien d'autre que l'ombre de moi-même... que l'ombre des silhouettes,

sans nom, sans famille, sans amis, je n'étais rien...
J'étais fini.

J'ai voulu tout arrêter. Je me suis laissé coucher dans la terre, dans la terre la plus obscure que j'avais pu trouver, et je me suis laissé m'enfoncer. J'ai fini par creuser ma propre tombe. J'allais enfin rejoindre les gens dont j'avais perdu la trace. Les mois et les jours se sont avancés, et je me suis enfoncé de plus en plus dans la terre. Je sentais déjà mes membres pourrir, mon cerveau se gangrener, mes yeux fondre.

Puis, un jour, tandis que je m'enfonçais encore, toujours aussi calme, comprenant enfin le secret terrible du vrai malheur qui habitait mon cœur, j'ai commencé à sentir la terre m'ensevelir. De plus en plus, elle se pliait alors à moi, elle me recouvrait jusqu'à ce qu'un jour, je ne puisse respirer. J'ai voulu être en apnée quelques instants, mais je sentais mes forces partir. J'allais partir...

...

...

Quand je me suis réveillé, j'ai vu le sol goudronné d'un grand parc de stationnement. Il n'y avait qu'une place libre : le deux mille trois cent quatre. Je me suis avancé et j'ai entendu les rails d'un wagon passer. Je suis allé à l'ouverture : il y avait un chemin de fer souterrain où je suis entré.

Une voix sortie de nulle part m'a dit : Ici, est la pupille, l'essence de tout ce que tu as vécu. L'œil du cyclone. Un endroit où tu n'es jamais allé sinon que dans tes rêves.

Je me suis approché des wagons. Mais quand je suis venu, il n'y avait que les chemins de fer creusés au sol, et aucun train. J'y suis descendu, voyant tous les panneaux qui s'affichaient. J'ai essayé de vouloir qu'un train passe.

Mais aucun train n'est venu.

Tu ne peux plus te souvenir : la folie est en train de te gagner. Mais ici, il y a tous les souvenirs que tu as gardés pour que tu les enlèves de la rancœur que tu as accumulée dans ton cerveau. Les choses sont en train de se pourrir, Ch*****. Les chemins de fer rouillent, les gens n'ont plus de visages et les mots commencent à ne plus faire de sens. Tu n'arrives plus à écrir. « Je sais. » Pourquoi marches-tu donc toujours ?

« Je ne sais pas… »

Tu as peur de tout oublier ?

« … »

Oui ? « Peut-être… Que les choses sont en train de mourir » Pourquoi tu écris ça ?

« Je ne peux plus supporter » … Je comprends.

Les choses ont arrêté de tourner. Les wagons ont arrêté de marcher. J'ai senti la compression de mon esprit. Au bout d'un long moment, j'ai alors vu une espèce de grand couloir vers une des entrées. J'ai monté les rails et j'ai vu dans la pénombre, trois silhouettes me voir. J'ai essayé de comprendre qui elles étaient mais déjà, elles étaient parties dans la pénombre.

J'ai traversé le couloir. Le couloir des tribunaux, ceux-là même dont j'ai hanté mes souvenirs, ceux-là même devant lesquels j'ai dû sûrement avoir ma seconde mort. J'en ai traversé un dans mon dernier rêve. La victime de mes songes, de mon procès, ça a toujours été les gens qui ont pleuré devant moi. Je croyais que ce n'était pas moi. Les gens croyaient aussi. Ils ne pleuraient pas pour moi. Alors pourquoi pleurait-il ? Je ne sais pas. Les choses ont commencé à battre de l'aile.

Et peut-être que même le jour où ils ont compris que j'étais bien le coupable, ils n'ont même pas voulu m'arrêter...

Quand je suis arrivé, il n'y avait rien sinon une plaine et du brouillard, ceux-là même qu'on ne voit presque jamais. Les arbres et les buissons s'enchaînaient. Quelquefois des routes partaient d'un côté pour s'échouer dans l'autre mais jamais plus. À un instant, j'ai alors vu trois choses. J'ai essayé de m'y approcher. Mais quand je les ai reconnus, je n'ai pas pu. Je n'ai pas pu m'approcher. Alors la voix a continué à me parler, toujours plus fort mais je n'ai pas pu.

J'ai fini par parler

Mais je n'ai pu que lui adresser qu'un bruissement des lèvres :

« Je ne peux pas. »

Regarde-les, a-t-il fait.

« Pourquoi ? »
(« À mon cher ■ que j'ai toujours

choyé, je t'aimerais toujours… »)

Regarde-les, ne voulais-je pas
les voir ou en toutes, mais ce qui est sûr, c'est
Se trouvaient trois pierres tombales ici ? et j'ai répondu
Je moulais et m'a dit : C'est ici ? et sans avoir
sans les percevais, sans pleurer et s'est retourné,
Peut-être si je les regarder sans pleurer de longues secondes et
voir ce qu'ils sont m'a regardé et un autre objet.
il avait Oui. » Alors, il ne fit rien, mais
brisé. Comme enfermé dans ma pensée ;
Pour créé ta ■ en jouant dans l'eau ■ a voulu te tuer.
celle-là m'est imposée. Tu as dû te cacher dans la cave pour ne
que je pas que ■ te tue. Tu as ■ par la même occasion ; car
années et ■ et l'a massacrée sur le feu. ■ a crié que tu étais dehors, que tu
avait fui. Alors, il est parti en voiture te retrouver. Il a roulé des heures et des
heures à la campagne. Du cadavre de ■, ■, alors, complètement envahi par la
dépression, il s'est laissé tuer. Il a lâché les commandes et s'est explosé à un arbre.
■ est resté dans la
cave, dans le froid alors que ■ ■ ■ Tu as espéré pourtant… Tu as
espéré de tout ton cœur qu'ils étaient ■ morte. Tout est de ta faute. Tout est
de ta faute. tout est de faute tout est de ta faute tout est ■ ta faute si ta famille est morte.
t'aimait. ■ aussi. ■ … Aussi.

Alors pourquoi continues-tu de nier ? a-t-il dit.

« Je ne peux que faire ça… »

« Personne n'a voulu me croire… »

« Alors j'ai cru que c'était facile de cacher mes problèmes... »

Alors tu les as simplement cachés, ces souvenirs, enfouis au fin fond de ton âme, seules existences de ta véritable histoire. Tu es parti de la maison et tu es allé voir les autres, tu leur as proposé de gagner de l'argent en oubliant ton identité, en oubliant qui tu étais vraiment ? En oubliant le feu qui habitait tes côtes ? Ne nie pas tes malheurs, Ch*****. Ne nie pas tes douleurs où

Alors, il me regarda longuement, sans que je ne puisse rien faire et le terrain s'est évaporé, la voiture, l'arbre, et les pierres n'ont plus été qu'une façade, et rien à part la terreur ne resta. Mais, alors, même si tout partait, je n'ai fait que pleurer pendant cinq cent quarante vingt sept huit mille six cent quarante vingt quatre cinq six cent quarante mille secondes et mes larmes traversaient le plancher comme traversèrent celle de ▮▮▮ lorsque je l'ai vu se ▮▮▮, tandis que nous étions encore en train de nous baigner dans la mer. J'avais si mal que je n'ai pu que pleurer. Je n'ai pu que pleurer jusqu'à ce que même mes yeux fondent et que le monde crie et que mon âme pleure encore et encore

et encore et encore et encore et encore et encore et encore
et encore et encore et encore et encore et encore et encore
et encore et encore et encore et encore et encore et encore
et encore et encore et encore et encore et encore et encore
et encore et encore et encore et encore et encore et encore
et encore et encore et encore et encore et encore et encore
et encore et encore et encore et encore et encore et encor et encore
et encore et encore et encore et encore et encore et encor et ncore
et encore et encore et encore et encore et encore et encore et encore
et encore et encore et encore et encore et encore et encore et encore
et encore et encore et encore et encore et encore et encore et
et encore et encore et encore et encore et encore et encore et
et encore et encore et encore et encore et encore et encore
et encore et encore et encore et encore et encore et encore
et encore et encore et encore et encore et encore et encore
encore encore et encore et encore et encore et encore, le
encor et encore et encore et encore et encore et encore et
encore et encore et encore et encore et encore et encore
et encore et encore et encore et encore et encore et encore
et encore et en encor encor et encore et encor et encore
et encore et encore et encore et encore et encore et encore
encor et et encore et encore et encore et encore et encore
et encore et encore et encore et encore et encore et encore
et encore e encor et encore e et encore encore et encore
e encore core encore encore e et encore et encore et encor
encore e encore et encore et encore et encore et encore et
encore et encore et encore et encore ore et encore et
encore et encore et encore et encore et encore et encore
e et encore et encore et encore et encore ore et encore et
encore et encore et encore et encore et encore et encore

184

e et encore et encore et encore et encore ore et encore et
encore et encore et encore et encore et encore et encore
e et encore et encore et encore et encore ore et encore et
encore et encore et encore et encore et encore et encore
e et encore et encore et encore et encore ore et encore et
encore et encore et encore et encore et encore et encore
et enc encore ore et encore et encore et encore et encore
et encore et encore et encore et encore e encore et encore
et encore et encore et encore et t encore et encore et
encore et encore et encore et encore et encore et encore
et encore et encore et encore et encore e encore et
encore e encore et encore et encore et encore et encore et
t encore et encore et encore et encore et encore et encore
et encore et encore et encore et encore et encore et encore
et encore et encore et encore et encore et encore et encore
et t encore et encore et encore et encore et encore et
encore et encore e et encore e encore et encore et encore
et encore et encore et t encore je deviens de plus en plus
fou et je ne sais pl et encore et encore et encore et encore
et enco us quoi faire aidez-moi, je vous en suppliere et
encore et encore et encore et encore etje n'ai rien fait bon
dieu je n'ai jamais tué je encore et encore et encore et
encoret encore et enen'ai jamais été méchant aidez-moi
bon dieuore et encore et encore et encore et encore et
encore et encore e encore et encore et encore et encore et
encore et t encore et encore et encore et encore et encore
et encore et encore et encore et encore et encore et encore
et encore et encore et encore et encore et encore e encore et encore
et encore et encore et encore et t encore et encore et
encore et encore et encore et encore et encore et encore
et encore et encore et encore et encore et encore et encor
et encore et encore et encore et encore et encore

et encore et encore e et encore et encore et encore eet
encore et encore et encore et encore et encore et encore
et encore et encore et encore et encore et encore et encore
et encore et encore et encore et encore et encore et encore
et enconcore et encore et encore et encore et encore et
encore et encore et encore et encore et encore et encore
et encore et encore et encore et encore et encore et encore
et encore et encore et encore et encore et enre et encore
et encore et encore et encore et encore et encore et encore
et encore et encore et encore et encore et encore et encore
et encore et encore et encore et encore et ence et encore
et encore et encore et encore et encore et encore et encore
et encore et encore et encore et encore et encore et

Je suis sorti de la maison. J'étais à deux doigts de vomir, à deux doigts de pleurer en face de l'horreur infâme que je venais de voir. La fin du monde semblait être bagatelle. L'enfer, les purées cauchemardesques de mes rêves les plus torturés, ce n'étaient que des poussières dans l'infâme création que j'avais pu entr'apercevoir.

Là où j'allais, je n'ai pu percevoir que l'herbe, les eaux tumultueuses, la brise froide du vent marécageux (était-ce même du vent que ce souffle haletant ?) ; et par la même, je ne savais que faire, que dire, que prononcer au-delà de quelques mots sourds, toujours mus dans mes cordes d'une vague de terreur. Voyant les hauteurs de ces bâtiments, au-delà de la terre, devenues froides par la concupiscence terrible que je leur avais imposée jadis, elles devenaient presque les hauteurs surnaturelles d'un monde en perdition, proches de ceux qu'avaient pu être les hauteurs du Colisée aux Romains quand l'Empire s'effondrât.

Les sentiments, les passions, les mélancolies, les rêveries que j'avais imposées, tout revenait maintenant quand je voyais les cimes, toujours plus minables, toujours plus austères. Comment avais-je pu, dans cette horrifique place, rêver alors que ces lieux étaient si ignobles, si sales, si malfaisants ? J'étais le témoin sourd d'un lieu qui perdait raison.

L'écume tapant mot, je m'y noyais. Pourquoi ? Pourquoi ai-je encore eu la tentation mordante de parcourir le monde en quête d'une mer sale, où se noyaient maintenant les damnés. Pourquoi ai-je encore eu ce désir de parcourir les affreuses mers, m'y noyant toujours comme si ce fut une obligation ?

parce que lui *y est allé*

je ne sais pas, je ne saurais donc jamais. J'ai juste senti qu'il fallait le faire, et je plongeais tête la première. Je me suis enfoncé. Mais j'avais oublié, à ce moment, que mon immortalité était désuète, et que je ne l'avais plus. À ce moment, je n'ai senti que l'eau, les flots, l'écume, la mer et les fleuves m'envahir, toujours plus froides, toujours plus glaciales. La mort s'efforce de se faire disparaître des mémoires. Ce n'est que lorsqu'on la voit en face qu'on se rend de nouveau compte que la mort est un compte à rebours jusqu'à ce que nos organes se fragilisent et se muent en cadavre, que le train nous percute, que l'eau embrase les poumons, que les os se cassent et que les cœurs se percent, jusqu'au renouveau : tout se régule, tout se transforme, tout s'absorbe et se digère, tout se réduit puis se prolifère jusqu'à la transformation viscérale de tous nos proches.

À cet instant, je n'ai pu respirer ; *tu vas mourir, et tu le sais*. Je n'ai rien senti à ce moment, car se jeter à l'eau n'est jamais effrayant lorsqu'on le veut : ce n'est alors qu'une libération de notre corps, de notre âme dans quelque chose qu'on ne peut décrire mais qui est pourtant présent malgré nous : l'atmosphère. Oui, je volais, je sentais mon être se dissiper pour faire place à autre chose de plus grand, de plus majestueux, de plus fort, de plus lyrique, qui n'avait pas de corps, ni d'entrailles, simple forme, simple expression, simple remémoration, souvenir parmi les mémoires, constellation parmi les étoiles. Un être qui pouvait tout faire, tout voir, tout sentir en pensant simplement à ces mots : *je suis*. Je devenais Je. Je devais Moi. Je devenais Tout.

Alors d'un coup, m'enfonçant, j'allais entrer dans l'immuable mer et n'en plus ressortir. J'ai pensé : *je vais mourir, je ne vais pas me libérer, je ne vais rien faire et il n'y aura qu'un grand, grand vide dans ce monde, car, qui peut dire qu'il y aura le paradis ou la réincarnation pour moi ?* J'ai eu peur. J'aurais voulu arrêter cette descente, me battre corps et âme, non plus pour ma liberté mais pour ma vie – que veulent donc dire des paroles aussi abstraites ? – mais non, je ne pouvais pas, mon corps tout en entier était attiré au fond par une force qui n'était liée à moi seulement, car j'étais *là*. C'était la terreur à l'état pur, sombre marée noire que le Styx et les Montagnes grondantes de l'enfer ne pouvaient contrarier. Je ne pouvais même m'imaginer cela ; c'était à une portée différente de l'âme et qui n'était même plus de conception humaine. En quoi pouvais-je agir si je n'arrivais même à la percevoir, cette force qui me comprimait la tête ? Je ne servais à rien, j'étais un pion dirigé par son joueur d'échecs, un mouton dirigé par sa faucheuse... rien ne pouvait bouger, maintenant... *alors tout s'est effondré dans le noir.*

Dix ans ou dix secondes après, je me relevais et voici, je voyais la berge de pavés, mes habits et mes cheveux étaient trempés ; j'ai regardé la rivière un moment, puis la ville : elle avait l'air étrange, plus floue, plus lointaine.

Moins habitée qu'avant, je ne savais pourquoi.

Il y a toujours un signe pour montrer si tous sont morts ou vivants.

Un mouvement continuel, une beauté qu'on ne retrouve pas dans les vastes espaces clos. On voit alors l'infaillible perception morale : *tu es seul* ; qui nous indique déjà la réponse.

« Regarde, ici, ce n'est pas très grand. »

J'ai regardé en haut, et j'ai vu l'oiseau. Il était habillé de sa plus belle robe, une robe carmine, une robe que j'avais beaucoup rêvée, une robe que tout le monde aurait rêvée s'il l'avait vu. J'ai eu les yeux perdus dans les cieux quand je l'ai vu.

« Ici, on a que des pierres et par-dessus le muret, que de l'herbe, tu es sûr qu'on ne pourrait pas aller dans la ville ? »

J'aurais voulu dire quelque chose, me lever et lui dire je ne sais quoi, lui parler, lui dire à quel point je l'aimais. Mais tout à coup l'oiseau s'est rétracté, un peu étrange.

« D'accord… Si tu veux… C'est ton choix après tout. »

Je me suis levé et je me suis approché de lui, mais dès que la distance s'est amincie, entre lui et moi, la chose a disparu. J'aurais voulu la retrouver ; mais ça n'aurait servi à rien.

Alors, j'ai compris.

J'ai compris pourquoi j'avais été là.

Comme la sagacité est grande. Je voyais déjà tout. Je voyais les morts. Je voyais les comètes, les armées, les grands chars et je voyais les pleurs, les sourires. Je voyais tout. Je me dirigeais de l'autre côté et là, de nouveau, je comprenais. Le ciel s'ouvrit alors. Il y eut alors trois êtres. Le Père. Il me regarda et me sourit. Le Fils. Il me sourit. Le Saint-Esprit. Il me sourit. Tous me souriaient. Alors, cylindre de pierre taillée, grandes envolées lyriques, chevauchées endiablées, beautés insubmersibles, je voyais tout, le futur et le présent, le passé. Le Ça, le Moi le Eux. Le Tout. J'avais arrêté de devenir. J'étais. J'essayais de tout revoir, mais cela ne servait à rien. Je comprenais maintenant. J'explorais. J'explorais et voici, le monde se livrait à moi. Je voyais les cylindres, les sphères, les cubes, les polygones et les mondes se désagrégeaient. Je voyais les textes se déstructuraient. Je voyais le monde se plongeant dans l'Alpha et l'Oméga en même temps. Je voyais le Début, la forme vivante se créer. Et alors, je voyais ensuite la Fin, grandes terres arides, perdues à tout jamais puis, je vis la Fin devenir Début et le Début devenir Fin. Je comprenais tout. Cylindre de pierre taillée, cela signifiait le puits ; j'étais enfin là, de retour à la berge, et je pourrais enfin m'en aller. Dorénavant, le monde me disait : Pars. Je partais. Par le fil, je m'arc-boutais sur le rebord et alors, j'escaladais, je puisais sur mes bras, mes forces ; et je montais, montais, ascension subliminale, entre deux états, car voilà, comme je dénombrais le passé et le futur, je voyais le Haut et le Bas dans un même état. Gauche et Droite, pareil en tout. Tout n'était Rien ; Rien n'était Tout. Signification multiple au sens premier et dernier du terme et voici, je volais maintenant et je montais en même temps. Je m'engouffrais dans le monde sans qu'il n'y ait de toucher, qu'il n'y ait d'ouïe, de goût, d'odorat, de vue. Et la spirale incompréhensible se métamorphosait en ligne droite, et voici, le village m'apparut et les émotions me ravagèrent dans un même état ; j'étais ici, çà et là. Quelque part et nulle part à la fois. Étrange, bizarre, incompréhensible, sans queue ni tête, ineffable, le village n'était plus village, il était état, état de conscience état de monde et ainsi le monde se ravisa, je ne pus plus rien voir si ce n'est le monde comme il m'était apparu. Enfer, entrailles, monstre, vicissitude, tout ça ne fut que le monde ; paradis ? Éden ? Gentillesse ? J'oubliais ces mensonges. Il n'y avait que souffrances enfin. Souffrances. Souffrances. Souffrons et soutenons ces sous-jacents mystères qui nous abîment ! Je voyais enfin le monde. Je comprenais les langues, les mondes encore un instant puis dès lors

    plus rien

    Tout devint vide. Tout ce que j'avais ajouté, les décorations, les lumières, la tapisserie, le papier-peint, tout ça avait disparu comme si rien n'avait été.
    Je regardais derrière moi ; pas de puits. Tout ça était faux. Mon monde n'était rien si ce n'est mon imagination.
    Je marchais, imperturbable. Je commençais à tousser. Je commençais à souffrir.

    Soudain, les lacs, les montagnes et les fleuves reprirent leurs formes au loin.

La silhouette

Comme l'accalmie qui se produit après la maladie, tout reprenait de la consistance. Je marchais et les maisons s'érigeaient enfin un peu. Étais-je dans la lumière ? Ah ça, je n'en sais que trop. La lumière, ce n'est rien, l'ombre, ce n'est rien. Néant total. Et dès lors, je partais. Ombre fuyante de la vie, j'oubliais tout. Je voulais enfin revivre. Enfin marcher, toute du moins, ne pas… Ah ! je me suis senti si stupide, l'obscurité alors, partant, je ne suis senti si stupide, l'obscurité m'envahissait et alors, j'ai rencontré moi qui n'avais s'agitaient. Alors, je me suis levé et pris la force de me renfermer encore

...

Je me suis mis à
et surtout, j'ai
même que j'avais
les gens,
l'appareil ne
je me